修辭格教本

蔡謀芳著

臺灣 學生書局 印行

自　序

修辭學的課程，邊教邊學，個人歷經了十個寒暑。不算長，也不算短；勉強可以進入一個自以爲見解成熟的狀態。期間撰寫的關於修辭學的專書，有《表達的藝術》、《表達的技術》、《辭格比較概述》等。這些書的先後完成，自然代表著個人學業成長的各階段。如今繼續寫成的這本《修辭格教本》，除綜合前此各階段的見地之外，更採用了「教本」的形式，希望將它寫成一本修辭學的教科書。爲此，本書在編撰上便有了幾個特別的設計。其一是，在每課之前，先列一篇「本課要點」：將該課的主要論題，作一扼要的陳示。其二是，每課之後，附加一篇「習作」：提供三五實例，作「辭格分析」之練習。因爲所提供的實例，在辭格的運用上，往往有異乎尋常的表現，所以這篇「習作」，對學習者而言，便有進一步提攜的作用；而不只是反覆練習而已。每個習題之下，實際都提供了參考答案，所以也不是只有題目而已。

每一課的正文部分，常態性的話題是：辭格的定義、技巧的分類，以及「相關辭格」的比較與分辨等。此外，每一論斷，必提供充分的理由及例證——這尤其是本書的重點工作。它關係到一個「知識系統」的成功與失敗。

在修辭理論的建構上，本書以「文法學」爲必要的進路。因爲

「文法」是章句結構的憑藉，所以必先在「文法」上有精確的掌握，才可能對「修辭技巧」作有效的判斷。

全書二十課。原則上，每課說一個辭格。但後面三課「綜合性辭格」，是綜合一些具有共同性質的辭格，相提而並論。加上各課之中，若觸及相關的辭格，亦隨時進行討論、比較。所以本書所論及的辭格，實際就不只二十個。

辭格的規模有大有小。一個大辭格之下，又可分出許多小辭格。所以統計辭格之數量，不但困難，也不切實際。若以陳望道《修辭學發凡》的分格方式爲準，那麼本書論及的辭格，數量大約是在三十個左右。

修辭的領域無限，學習的時間有限。若能積極投注心力，兩個學期應該足以養成我們實際運用辭格的能力。是爲序。

蔡謀芳 2003 年

修辭格教本

目　錄

緒論

修辭之意義在於調整語言、文字，使之有最適當的表出。所謂「最適當的表出」，在消極面說，就是要求「敘述的準確性」——這是指語法、邏輯的講求；在積極面說，就是要求「敘述的有效性」——這是指納入「情境因素」後而作整體表出的效果。前者稱爲「消極修辭」，後者稱爲「積極修辭」。比較地說，「消極修辭」是抽象的、客觀的活動——它抽離「情境因素」而純對語文本身的結構，作客觀的考量。「積極修辭」是具體的、主觀的活動——它融合主、客觀因素，作整體而有機的表出。所以在感覺上，前者是比較理性的，後者則多了感性。舉個文例來看：

> 我不能不怨姨媽和叔叔爲什麼不把母親病危的消息告訴我。
> （琦君 毛衣）

這段文字在語意結構上有瑕疵，試比較一個改寫方案：

> 我不能不怨姨媽和叔叔不把母親病危的消息告訴我。

這是說：「姨媽和叔叔不把母親病危的消息告訴我——對此一事實，我不能不怨。」再比較一個改寫方案：

我不知姨媽和叔叔爲什麼不把母親病危的消息告訴我。

這是說：「姨媽和叔叔不把母親病危的消息告訴我——箇中緣由，我不知道。」必先有所知，而後有所怨；但原作既說「不能不怨」，又說「不知爲什麼」，這在語意邏輯上是說不通的。上述兩個改寫方案都可以解除此弊，這就是「消極修辭」的工作。

再看一例：

星空下的演唱會，卡列拉斯，天籟引吭，溶化了冰雪般的寒夜。（中時晚報 82.2.15）

這段文字在語意結構上也有瑕疵，試比較一個改寫方案：

星空下的演唱會，卡列拉斯，天籟引吭，溶化了寒夜的冰雪。

「冰雪」可以溶化，「寒夜」不能溶化，所以將「寒夜」改成「冰雪」。再比較一個改寫方案：

星空下的演唱會，卡列拉斯，天籟引吭，溫暖了冰雪般的寒夜。

若不改「寒夜」爲「冰雪」，就改「溶化」爲「溫暖」。總之是因爲原作的「動詞」與「受詞」搭配不良，所以二詞必改其一。

以上二例是純從「語意結構」之邏輯所作的考量，所以是屬於「消極修辭」的活動。至於「積極修辭」的活動，也舉個例子來看：

> 公子將適齊，謂季隗曰：「待我二十五年，不來而後嫁。」對曰：「我二十五年矣，又如是而嫁，則就木焉。」（左傳 僖公二十三年）

「就木」是「死亡」的一個說法。原文若直說「死亡」，只能算是「準確的表達」，不能算是「有效的表達」。夫妻說話，言及「死亡」，總是令人不悅的，所以必要變更說法，才能盡其情緻。如此將「情境因素」納入而一同表出，就是「積極修辭」的活動。

再看一例：

> 嘉會難再遇，三載爲千秋。臨河濯長纓，念子悵悠悠。（李陵 與蘇武詩）

客觀上說，「三載」與「千秋」是不相等的；但在作者主觀上，兩者是一樣長的。所以這裡並無「準確性」的問題；而且一定要這樣說，才能有效表達作者情意。所以這也是融合了「情境因素」而作的表出。

「消極修辭」是屬於「準確性」的範疇——講求語意結構的準確性；「積極修辭」是屬於「有效性」的範疇——講求表情達意的有效性。而修辭學的工作就在研究此等語文活動的形式與規律。所以廣義的「修辭學」應包括「積極修辭」與「消極修辭」兩個範疇。若單論「積極修辭」一方面時，便是狹義的「修辭學」。一般所說的「修辭格」，就是指「積極修辭」的技巧，因而是屬於「狹義修辭」的範疇。本書名爲「修辭格教本」，自然是屬於狹義的修辭學了。

第一課　譬　喻

本課要點：

- 譬喻格之原理
- 譬喻格之術語
  - 喻體
  - 喻依
  - 喻詞
- 譬喻格之類型
  - 明喻
  - 隱喻
  - 略喻
  - 借喻

「譬喻」也稱作「比喻」。比是比方，喻是曉喻。利用「比方」以達「曉喻」之目的，就叫「比喻」。所以「譬喻」基本上是一種「舉例說明」的手段。當一個「話題」的旨意不易表明時，另取一個能表出相同旨意的「話題」作引導。後面這個「話題」比前面那個「話題」，較爲淺顯，易於把握；以之爲媒，可使旨意的表達，變得容易。這就是「譬喻修辭」的基本意義。

從上述這個基本意義出發，可以確定：「兩個具有相同旨意的話題」乃是一個「譬喻修辭」的必備條件。因爲我們是藉一個「話題」來表出另一個「話題」的旨意，所以兩個「話題」之間便有了「主體」與「客體」的關係：「主體」是旨意所在，「客體」是表意的媒介。藉「客體」以表現「主體」，這是「譬喻修辭」的原理。爲此，便有兩個專有名稱來稱呼這主、客二體。屬於「主體」的部分，稱爲「喻體」；屬於「客體」的部分，稱爲「喻依」。所以「喻體」、「喻依」就是一個「譬喻修辭」中，具有相同旨意的兩個「話題」。

此外，爲了聯絡這兩個「話題」，並表明它們在一個「譬喻修辭」中的關係，也有一個專用的語詞，叫做「譬喻語詞」——簡稱「喻詞」。所以「喻詞」在一個「譬喻修辭」之中，至少擔負著兩個任務：第一，它指示了具有相同旨意的兩個「話題」之所在；第二，它完成了一個「譬喻修辭」的文法結構。——「譬喻辭格」在句法上屬於「準判斷句」。這種句法所使用的動詞是「準繫詞」；而上面所說的「喻詞」，在文法中就是「準繫詞」的身分。所以說，「喻詞」在文法結構上也有其重要地位。

總上所述，可見一個完全的「譬喻修辭」應具三個要素，就是：喻體、喻依、喻詞。三要素齊備與否，就是「譬喻類型」劃分的依據。下面分別介紹之。

壹、明喻

形式完全的譬喻格，稱爲「明喻」。例如：

對酒當歌，人生幾何？譬如朝露，去日苦多。（曹操 短歌行）

文中慨嘆「人生」短暫，以「朝露」爲比。所以「人生」是第一個話題，「朝露」是第二個話題。這兩個話題有一共同的意思，就是「短暫」。第一個話題是本文主體，所以是「喻體」之所在；第二個話題是本文客體，所以是「喻依」之所在。此中用以聯絡「喻體」、「喻依」的是「譬如」，所以「譬如」是其「喻詞」。人生是長是短？個人感受不同。作者爲了表出自己的一份感受，取「朝露」爲媒，引導讀者進入他的感覺世界。這個例子要件齊備，所以是具有完全形式的「譬喻修辭」。

不過，「譬如」並非僅有的一種「喻詞」。上文已介紹了「喻詞」的功能，因此凡具此功能的字眼，都應視同「喻詞」。例如：

晨安！詩一樣湧著的白雲呀！……（郭沫若 晨安）

文中「詩一樣的白雲」就是「白雲如詩」的意思。「白雲」是喻體，「詩」是喻依，「如」、「一樣」都是喻詞。「一樣」與「如」字，功能相同，只不過雙方表現的「文法形式」不同而已。

再看一例：

那些蒼白色的泥土，乾硬得就跟水門汀差不多。(茅盾 雷雨前)

文中「泥土跟水門汀差不多」就是「泥土如水門汀」的意思。「泥土」是喻體，「水門汀」是喻依，「如」、「差不多」都是喻詞。「差不多」與「如」字，功能相同，所以就是喻詞了。

因爲一個詞是否爲「喻詞」，當視其「功能」而定，所以有些平常不作「喻詞」用的詞，也有被用爲「喻詞」的機會。例如：

弱柳迎風疑舉袂，叢蘭浥露似沾巾。(劉禹錫 憶江南)

文中有兩個「喻詞」：後一個是「似」字——這是常用的「喻詞」；前一個是「疑」字——這在平常是不作「喻詞」用的；此處是就其「功能」而言，所以就是「喻詞」了。「弱柳迎風疑舉袂」就是「弱柳迎風似舉袂」的意思。

任何一個詞都可有其「常態用義」及「特殊用義」，如上舉的「疑」字，當作「喻詞」用時，就是一個「特殊用義」(參看下文「隱喻」)。

另外也有平常用作「喻詞」而特殊時候不作「喻詞」用的例子，如：

春天已經來了 我們開始談論生命 以及種種的困惑 譬如永恆、愛情、與輪迴之類(張錯 彈指)

文中「譬如」一詞，平常作「喻詞」用，如前舉「譬如朝露」之類；但在此處並不作「喻詞」用。此處「譬如」的用法只等於「例如」而已。「例如」的用法與「喻詞」相似而不相等。

再如：

我愛熱鬧，也愛冷靜。像今天晚上，一個人在這蒼茫的月下，什麼都可以想，什麼都可以不想。（朱自清 荷塘月色）

文中「像」字，在平常多作「喻詞」，在此處只等於「例如」之義，所以不是「喻詞」。讀者只需以「譬喻修辭」的格式檢查上文，就會發現，上文果然不是一個「譬喻格」。

貳、隱喻

上面所說的是：一個詞的用法有「常態用義」及「特殊用義」之別。所以一個詞是否爲「喻詞」，當視一時的用途而定。

下面要說的是：有些詞並不完全具「喻詞」之義，卻被用在「喻詞」之位置。例如：

那河畔的金柳 是夕陽中的新娘（徐志摩 再別康橋）

文中「是」字在文法學上屬於「繫詞」——是「判斷句」所用的動詞。它本沒有「喻詞」的用義，卻有「喻詞」的用法——它用在「喻詞」的位置上。「河畔的金柳，是夕陽中的新娘」，若改寫作「河畔的金柳，如夕陽中的新娘」，我們就瞭解這「是」字的特殊用法。從內容意義上來看，我們仍得承認這是一個「譬喻格」（同時也承認「是」是一個「喻詞」）；不過它使用的「喻詞」畢竟是不具完全功能的「喻詞」。所以它所表現的「譬喻」，終究是不同於一般的「譬喻」。

於是，「譬喻修辭」乃因「喻詞」的變化用法而劃分了類型：前面使用具有完全功能的「喻詞」者，稱爲「明喻」；後面使用不具完全功能的「喻詞」者，稱爲「隱喻」。當作者使用「如」爲「喻詞」時，其作品的「譬喻行爲」顯而易見；當作者使用「是」爲「喻詞」時，其作品的「譬喻行爲」晦而不顯——因爲「是」字本來就不是「喻詞」啊！由於如此的不同，所以一稱爲「明喻」，一稱爲「隱喻」。這一對名稱，也有學者稱作「直喻」與「暗喻」。名異實同，讀者稍加留意，即不至於混淆。

作爲「隱喻」的喻詞，也不是只有一個「是」字，例如：

歌吹爲風，粉汗爲雨。（袁宏道 西湖雜記）

「歌吹爲風」終究是「歌吹如風」的意思，「粉汗爲雨」終究是「粉汗如雨」的意思；但原文不用「如」字而用「爲」字。用「爲」字與用「是」字同理，所以這也是「隱喻」的修辭法。

參、略喻

區分「譬喻格」的類型，除據「喻詞的種類」外，還據「喻詞的用與不用」。「明喻」與「隱喻」都是「使用喻詞」的——不過使用的「喻詞」不同而已；另有一種不用「喻詞」的——實際是「省略喻詞」的譬喻法，乃稱爲「略喻」。例如：

舊恨春江流不盡，新恨雲山千疊。（辛棄疾 念奴嬌）

文中「舊恨」與「春江」是兩個話題，它們的共同旨意是「不盡」。前者是「喻體」，後者是「喻依」，中間負責聯絡的「喻詞」被省略了。本意是「舊恨如春江流不盡」，原文省略「喻詞」而已，意思不變。

後句「新恨雲山千疊」道理相同。

肆、借喻

同樣是「省略喻詞」的譬喻法，還有一種類型稱爲「借喻」的——它不但省略「喻詞」，更省略了「喻體」，只剩「喻依」。例如：

> 子之武城，聞絃歌之聲。夫子莞爾而笑曰：割雞焉用牛刀。（論語 陽貨篇）

文中「割雞用牛刀」是喻「大材小用」的意思，但「大材小用」並未出現在文中。譬喻格的兩個「話題」只出現一個：出現的是「客體」（喻依），省略的是「主體」（喻體），連帶地「喻詞」也不見了。這種譬喻的類型叫做「借喻」。

當一個譬喻格的「喻體」、「喻詞」都省略了，我們卻仍知道它是個「譬喻修辭」，關鍵就在：當文中的「喻依」與其上下文的文意不能自然連貫時，讀者本能地另覓文意，而領悟到該「喻依」之實際所指——亦即全文「喻體」之所在；於是就能確認：這是另一種型態的譬喻法。以上例來說，「割雞用牛刀」一句若不解爲「大材小用」之意，就不能與全文旨意連貫。由此我們即能確認：「割雞用牛刀」乃是一個「喻依」，其「喻體」是被省略了。

「省略喻體」的譬喻法，有一個難題必須克服，然後作品的旨意才能隱而不晦。這個難題就是：作品需如何留置適度的「線索」給讀者？讀者循線解讀，然後作者所欲表達的意思才得以明白。例如：

桃臉兒通紅，櫻唇兒青紫，玉筍纖纖不住搓。（董西廂）

文中的「玉筍」實是個「喻依」——「喻體」是「手」，被省略了。全文三句：首句寫「臉」，次句寫「脣」——都寫人的外貌；於是第三句的「玉筍」，讀者就不難想見其爲「手」之譬喻。再加上後文「纖纖」、「不住搓」諸語，其爲「手」之喻意，更可以確定。所以這是一個理想的「借喻」之例。試比較下面一個例子：

繅成白雪桑重綠，割盡黃雲稻正青。（王安石 木末詩）

文中有兩個「借喻」，第一個是「白雪」。「白雪」之前有「繅」字，之後有「桑」字。上下文提供了足夠的線索，便知「白雪」應爲「蠶絲」之喻。第二個「借喻」是「黃雲」。「黃雲」之前有「割」字，之後有「稻」字。但上下文提供的線索未必充足，於是，說「黃雲」爲「麥子」之喻，便嫌隱晦。所以說，作品中是否具有足夠的「線索」以爲讀者解讀之憑藉，乃是「借喻修辭」首要克服的問題。

製作「借喻」，除了在上下文安排「線索」以爲解讀之憑藉外，實際還有一個便捷且廣爲使用的方法，那就是：用「成語」作喻依。所謂「成語」，是指「形式固定、旨意固定的流行語言」。其所以固定，乃是群眾長期而普遍使用的結果。用這樣的語言作

「喻依」，它所表示的旨意早已確定；不用什麼「線索」，讀者也能解讀、會意作品所隱含的意思。舉個例子看：

> 這是天長地久的事。只有千年作賊的，沒有千年防賊的！她知道她母親會放出什麼手段來？（張愛玲 金鎖記）

文中「只有千年作賊的，沒有千年防賊的」是個「喻依」，也是個「成語」。這「成語」的旨意是相當確定可知的，所以原文雖沒有提示「喻體」，上下文也沒提供什麼「線索」，但全文的意思仍可理解，沒有妨礙。這就是利用「成語」製作「借喻」的例子。

總上所述，「譬喻修辭」共分四個類型：明喻、隱喻、略喻、借喻。有些修辭專書只分三個類型——沒有「略喻」。那是把「略喻」合在「隱喻」之中，沒有析出之故。「明喻」使用的是標準喻詞，「隱喻」使用的不是標準喻詞，「略喻」則不使用喻詞，「借喻」不但不使用喻詞，更省略了「喻體」。四個類型，因爲形式的不齊，乃有「明暗不等」的表意效果。

本課所介紹的可以說是「譬喻格」的基本形式。至於將「譬喻格」作進一步的開展、變化，或與他種辭格融合兼用，因而造就更多的「譬喻修辭」的類型，那就不在本課的講授範圍之內了。

《習作》

一、桃臉兒通紅，櫻脣兒青紫，玉筍纖纖不住搓。（董西廂）

上文總共有三個「譬喻」：桃臉、櫻脣、玉筍。「桃臉」的意思是「如桃的臉」：「臉」是喻體，「桃」是喻依，原文沒出現喻詞，所以是個「略喻修辭」。第二個譬喻「櫻脣」，道理相同。第三個譬喻「玉筍」，意思是「如玉筍的手」：「玉筍」是喻依，原文沒出現喻體與喻詞，所以是個「借喻修辭」。

二、濃妝呵，嬌滴滴擎露山茶；淡妝呵，顫巍巍帶雨梨花。（喬夢符 揚州夢）

上文共是兩個「譬喻」。「濃妝呵，嬌滴滴擎露山茶」是說「濃妝的女子嬌滴滴如擎露山茶」：「濃妝的女子」是喻體，「擎露山茶」是喻依，原文沒出現喻詞，所以是個「略喻修辭」。

下文「淡妝呵，顫巍巍帶雨梨花」，道理相同。

三、長橋臥波，未雲何龍？複道行空，不霽何虹？（杜牧 阿房宮賦）

上文共是兩個「譬喻」。「未雲何龍」一語實預含「如龍在雲」之義。因為「長橋臥波，如龍在雲」，所以才有「未雲何龍？」之問！因此「橋」、「波」是喻體，「龍」、「雲」是喻依，但缺喻詞而已。這是「略喻修辭」。

下文「複道行空，不霽何虹？」道理相同。

四、勢在則群蟻聚羶，勢去則飽鷹颺漢；悠悠濁世，今古皆然。（曹臣 舌華錄）

上文共有兩個「譬喻」。「勢在則群蟻聚羶」的意思是說「當權勢在握時，眾人前擁後簇，如群蟻聚羶」。就此而言，「眾人前擁後簇」是喻體，「群蟻聚羶」是喻依。原文沒出現喻體，也沒出現喻詞，所以是個「借喻修辭」。

下文「勢去則飽鷹颺漢」，道理相同。

第二課　轉　化

本課要點：

- 轉化格之原理
- 轉化格之類型
  - 人性化
  - 物性化
  - 形象化
  - ……
- 轉化格之文法環境
  - 敘事句
  - 表態句
  - 詞結
  - 詞組
- 轉化格之心理學
  - 移情作用
- 相關辭格
  - 移覺
  - 譬喻

一個「句」是由數個「詞」構造而成的；一個「複詞」則是由數個「單詞」構造而成的。它們的構成都有其文法規律，所以每一個句子、每一個複詞，都自成一個「文法環境」。這些環境的構成分子，儘管各有其文法性質與名稱，但就其在環境中的相對地位而言，大致都可區分作「主體」與「從屬」兩部分。拿句子來說，不論是哪一種句法，都是由「主詞」與「述詞」構成的。所謂「述詞」，就是句中用來述說「主詞」的部分。由此而言，「主詞」便是「主體」，「述詞」便是「從屬」。例如「鳥飛」是一個句子（敘事句），「花紅」也是一個句子（表態句）。「鳥」、「花」各是主詞；「飛」所以述說「鳥」，「紅」所以述說「花」；因此「鳥」、「花」分別是這兩個文法環境的「主體」，而「飛」、「紅」則分別是其「從屬」。

再拿「複詞」來說，一個「及物動詞」及其「受詞」結合而成的複詞，稱爲「詞結」。例如「看花」就是一個「詞結」。「看花」就是「花被看」的意思——由此一角度可以說明：在此文法環境中，「花」是「主體」，「看」是其「從屬」。

至於由一個「形容詞」與一個「名詞」組合而成的複詞，稱爲「詞組」。例如「紅花」就是一個「詞組」。「紅花」就是「花紅」的意思——由此一角度可以說明：在此文法環境中，「花」是「主體」，「紅」是其「從屬」。

「主體」是「被述說者」，所以基本上是名詞；「從屬」是「述說者」，所以基本上是動詞、形容詞——動詞述說「動態」，形容詞述說「靜態」。對照文法學中「詞的品級」來講時，「主體」是甲級詞，「從屬」是乙級詞。所以不論是「敘事句」、「表態句」，或「詞結」、「詞組」，這些文法形式，基本上都可以說是：由甲級詞與乙級詞所構成的「文法環境」。

甲級詞與乙級詞，在一個「文法環境」中，既爲主、從的關係，雙方的「語意」就必然存有某種「統一性」。這「統一性」不屬於「文法學」的範疇，而是「語意學」的範疇。一個「文法環境」中的各部分，應能統一在某種「語意性質」之下，才可能表出一個「意念」或「概念」來。這是語文活動的基本道理與常態現象。不過修辭學上有一種辭格，正好是突破此一原則的，稱爲「轉化格」。

每個「詞」都代表一個「概念」，每個「概念」都有其「屬性」。例如屬於「人」的概念，便具有「人」的屬性；屬於「物」的概念，便具有「物」的屬性；而屬於「具體」的概念，便含有「具體」的屬性；屬於「抽象」的概念，便含有「抽象」的屬性等等。當幾個「詞」構成一個「文法環境」時，這幾個「詞」之間，因爲含有相同的屬性，才能合作、表達一個意思。但在屬於「轉化格」的文法環境中，其「主體部分」與「從屬部分」乃分屬不同的概念性質；所以這是一種異常的語文現象。原來當環境中各「詞」的屬性相同時，其語意便自然結合而成；可是如果各「詞」之屬性本來不同時，部分的「詞」將被迫轉變屬性，然後才能合成語意。這就是「轉化」一名的意義。所以「轉化」云者，就是指：在一個文法環境中，部分的「詞」，受其他異質性的「詞」的催化而轉變性質的一種修辭活動。此間，「被轉化者」是主體部分，而「轉化者」是從屬部分。用「詞的品級」的觀念來說，「被轉化者」是甲級詞，而使甲級詞轉化者，就是乙級詞。

「被轉化者」與「轉化者」雙方的搭配，各因其「屬性」之變異而有類型之分。下面分別介紹之。

壹、人性化

當「被轉化者」屬於物之性，而「轉化者」屬於人之性時，前者因後者而轉化，即屬「人性化」。例如：

落絮無聲春墮淚，行雲有影月含羞。（吳文英 浣溪沙）

文中「春墮淚」是個敘事句：主詞「春」是主體，述詞「墮淚」是從屬。在語意上，「春」是季節之名，而「墮淚」是人的行爲，所以雙方性質不同。今既構成一個文法環境，「主體」在「從屬」的催化之下，轉變了性質——就是原本不含人性的「春」，轉化而帶了「人性」的色彩。今天學者們稱此種轉化爲「人性化」，即前輩學者所說的「擬人法」。

文中另一個句子「月含羞」，是相同類型的「轉化修辭」。

請看第二例：

無情最是臺城柳，依舊煙籠十里堤。（韋莊 臺城）

文中「無情最是臺城柳」是個表態句：主詞「臺城柳」是主體，述詞「無情」是從屬。在語意上，「柳」是植物之名，而「無情」是人的心理狀態，所以雙方性質不同。今既構成一個文法環境，「主體」在「從屬」的催化之下，轉變了性質——原本不具人性的「柳」，轉化而帶了「人性」的色彩，所以這也是「人性化」的修辭。

請看第三例：

爲君持酒勸斜陽，且向花間留晚照。（宋祁 玉樓春）

文中「勸斜陽」是個詞結：動詞「勸」是其從屬，受詞「斜陽」是主體。在語意上，「斜陽」是物類之名，而「勸」是人的行爲，所以雙方性質不同。今既構成一個文法環境，「主體」在「從屬」的催化之下，轉變了性質——原本不具人性的「斜陽」，轉化而帶了「人性」的色彩，所以這也是「人性化」的修辭。

請看第四例：

顛狂柳絮隨風舞，輕薄桃花逐水流。（杜甫 漫興）

文中「顛狂柳絮」是個詞組：形容詞「顛狂」是其從屬，名詞「柳絮」是主體。在語意上，「柳絮」是植物之名，而「顛狂」是人的性情，所以雙方性質不同。今既構成一個文法環境，「主體」在「從屬」的催化之下，轉變了性質——原本不具人性的「柳絮」，轉化而帶了「人性」的色彩，所以這也是「人性化」的修辭。

文中另一個詞組「輕薄桃花」，是相同類型的「轉化修辭」。

文法中的「詞組」實際包含兩種類型，像上面由一個「形容詞」與一個「名詞」組合而成的「複詞」，稱爲「形容性詞組」，如「紅花」、「顛狂柳絮」都是。另有一種是由一個「所有格」與一個「名詞」組合而成的「複詞」，稱爲「領屬性詞組」，如「柳葉」——柳樹的葉子——此「葉」屬於「柳」之所有，所以稱爲「領屬性詞組」；此與「形容性詞組」相似而不相同。這雖是不同類型的「詞組」，但在其文法環境中，同樣有表現「轉化修辭」的機會。例如：

傳說北方有一首民歌　只有黃河的肺活量能歌唱（余光中 民歌）

文中「黃河的肺活量」是個「詞組」，但不是「形容性」的，而是「領屬性」的。這「肺活量」是屬於「黃河」之所有，所以「黃河」是主體，「肺活量」是其從屬。在語意上，「黃河」是河流之名，而「肺活量」是人的體能，所以雙方性質不同。今既構成一個文法環境，「主體」在「從屬」的催化之下，轉變了性質——原本不具人性的「黃河」，轉化而帶了「人性」的色彩，所以這也是「人性化」的修辭。

另外還有一種「詞組」，形式與性質都介乎「形容性」與「領屬性」之間的，一般文法學不太注意到。例如「柳浪」一詞——柳條所形成的浪——這與「紅花」（紅色的花——形容性詞組）、「柳葉」（柳樹的葉——領屬性詞組）都相似而不盡相同。總之，在其文法環境中，也有表現「轉化修辭」的機會。例如：

掩窗寂已睡，月腳垂孤光。（蘇軾 牛口見月詩）

文中「月腳」是個「詞組」。「月腳」是「月光所形成的腳」——那意思既不是「屬於月光的腳」（領屬性詞組），也不是「形狀似月光的腳」（形容性詞組）；而是「形狀似腳的月光」——這「腳」是「月光」所形成的。因爲實質是「月光」，不是「腳」，所以「月光」才是主體，「腳」是其從屬。在語意上，「月光」是一種光線，而「腳」是人的肢體，所以雙方性質不同。今既構成一個文法環境，「主體」在「從屬」的催化之下，轉變了性質——原本不具人性的「月光」，轉化而帶了「人性」的色彩，所以這也是「人性化」的修辭。

貳、物性化

「轉化修辭」的原理是：「主體」因「從屬」之異質性而起「同化作用」。例如「主體」原本不具人性，乃因「從屬」具有人性，而轉化爲帶有「人性」之色彩，稱爲「人性化」。前舉各例盡是如此。

然而「人性化」只是「轉化格」的一種類型。如果交換上述「主體」（物性）與「從屬」（人性）的性質時，轉化之類型就不同了。例如：

> 歡呼的聲音從群眾堆裡起來了，人的潮水又動盪；可是轉了方向，朝廠門去了。（茅盾 子夜）

文中「人的潮水」是個「詞組」——人所形成的潮水——這不是「好像人的潮水」（形容性詞組），也不是「屬於人的潮水」（領屬性詞組），而是像「月腳」（月光所形成的腳）一類的文法類型。不過是：「月腳」的主體（月），屬於物之性，而「人的潮水」的主體（人），屬於人之性；「月腳」的從屬（腳），屬於人之性，而「人的潮水」的從屬（潮水），屬於物之性。所以上舉「月腳」是個「人性化」的例子，而此「人的潮水」則爲「物性化」的例子——

「人」在「潮水」的催化之下，轉變而帶有「物性」。今天學者們稱此種轉化的類型爲「物性化」，即前輩學者所說的「擬物法」。

參、形象化

說到轉化的類型，「人性化」、「物性化」並不是僅有的兩種。例如：

> 誰知哪一句閒談在腦海中碰出智慧的火花？（陳之藩　劍河倒影）

文中「智慧的火花」也是個「詞組」；但不是「具有智慧的火花」（形容性詞組），也不是「屬於智慧的火花」（領屬性詞組），而是「智慧所形成的火花」。故與上舉「月腳」、「人的潮水」是同類的文法環境。主體「智慧」可以說是屬於「人性」的，也可以說是屬於「抽象」的；從屬「火花」可以說是屬於「物性」的，也可以說是屬於「具象」的。我們體察作者之意，他應是要將那抽象的名詞「智慧」，予以形象化。所以此例固然可以視爲一個「物性化」，但視爲「形象化」毋寧更合作者本意。爲了這一類的「轉化修辭」，近代學者特別在「人性化」、「物性化」之外，再立「形象化」一個類型。這個類型可以說是從「物性化」中析出來的，它使某些「轉化修辭」的例子，得到更妥適的安置。

肆、其他

其實「轉化格」的類型可不限於「人性化」、「物性化」、「形象化」三種。「轉化修辭」的原理是：異質性的概念構成了文法環境，其中「主體」受「從屬」之催化而起變化。因此，只要是「詞義性質」相異者，搭配而成的詞、句，就是轉化之修辭。例如：

> 相如視秦王無意償趙城……持璧卻立倚柱，怒髮上衝冠。（史記 藺相如傳）

文中「怒髮」是個「詞組」：形容詞「怒」是其從屬，名詞「髮」是主體。在語意上，「怒」是人的情緒狀態，而「髮」是人的體膚，所以雙方性質不同。今既構成一個文法環境，「主體」在「從屬」的催化之下，轉變了性質——原本不屬於「情緒意義」的「髮」，轉化而帶了「情緒」的色彩，所以這也是轉化的修辭。但這種「轉化」就不是上述三種類型之任何一種所能妥適安置的。

再如：

> 小草偷偷地從土裡鑽出來，嫩嫩的，綠綠的。（朱自清 春）

文中「小草偷偷地從土裡鑽出來」是個敘事句：動詞「鑽」是其從屬，主詞「小草」是主體。在語意上，「鑽」是動物的行為，而「小草」是植物之名，所以雙方性質不同。今既構成一個文法環境，「主體」在「從屬」的催化之下，轉變了性質——原本不屬於動物的「小草」，轉化而帶了「動物」的色彩，所以這也是轉化的修辭。但這種「轉化」也不是上述三種類型之任何一種所能安置的。「事物」之分類，難以窮盡，於此可見一斑。

近代學者有提出一種名爲「移覺」的辭格者，是專爲「五種感官」之間的轉移活動而設立的。例如：

> 光與影有著和諧的旋律。（朱自清 荷塘月色）

主體「光與影」屬於視覺性；從屬「旋律」屬於聽覺性。前者因後者而轉化性質，是爲「移覺」。從原理上說，這仍只是「轉化修辭」而已；不過是不同於本課已介紹的幾個類型罷了。本課介紹的，只能說是較爲普遍常見的類型，而不是僅有的類型。讀者只要把握「轉化」的本質意義，便可以應變無窮，不受拘束。

關於「轉化修辭」的話題，除了「轉化的類型」之外，還有「文法的環境」。在上文提及的「文法環境」有「句子」、「複詞」。「句子」有「敘事句」、「表態句」等；「複詞」有「詞結」、「詞組」等。每一種「轉化類型」都必須在一種「文法環境」中始能造就；而每一種「文法環境」原則上都可以造就一種「轉化類型」。上文雖沒有一一示例，但所舉已足見「轉化修辭」之一斑了。讀者觸類旁通，即可窺得全豹。

朱光潛《文藝心理學》說：

> 詩文的妙處往往都從移情作用得來。例如「天寒猶有傲霜枝」句的「傲」，「雲破月來花弄影」句的「弄」，「數峰清苦，商略黃昏雨」句的「清苦」、「商略」——都是原文的精彩所在，也都是移情作用的實例。

詩人在凝神觀照時，不知不覺地由「物我兩忘」，進到「物我同一」的境界，「移情作用」於是形成。當它表現在「修辭學」上時，「轉化格」即其產物。

至於「童話」、「童詩」之類的體裁，往往全篇使用「轉化」技巧；那應算是「模仿的轉化」，不完全是「移情作用」之下的產品。舉一個「模仿的轉化」例，然後結束本文：

> 這是個初春的早晨，雲牽著山的手，在溪澗散步。我的嘴角不禁泛起微笑，意會著這樣的一場約會，以一種飄盪的心情。後來，她們決定回家。告別時，悲傷的淚水在天與地之間滿溢而出，遮住了我的目光；但，我恍若見到她們的容顏，訴說著依戀。——山是擅於等候的，等候著不安定的雲，一次又一次地繾綣與遠颺。（葉含颪 關於春天的消息）

《習作》

一、山朗潤起來了，水長起來了，太陽的臉紅起來了。（朱自清 春）

文中有兩個「轉化修辭」，第一個是「水長起來了」。這是一個「敘事句」：主詞「水」是主體，動詞「長」是其從屬。在語意上，「水」是無生物，而「長」是生命的現象，所以雙方性質不同。今既構成一個文法環境，「主體」在「從屬」的催化之下，轉變了性質——原本不具生命的「水」，轉化而帶了「生物」的色彩，所以這也是一種「轉化」的修辭。論其類型，它是較接近「人性化」的。

文中第二個「轉化修辭」是「太陽的臉」。這是一個「領屬性詞組」：「太陽」是主體，「臉」是其從屬。在語意上，「臉」是人體的部分，而「太陽」是天體的部分，所以雙方性質不同。今既構成一個文法環境，「主體」在「從屬」的催化之下，轉變了性質——原本不具人性的「太陽」，轉化而帶了「人性」的色彩，所以這也是一個「人性化」的修辭。

二、聞說雙溪春尚好，也擬泛輕舟；只恐雙溪舴艋舟，載不動許多愁。（李清照 武陵春）

文中一個「轉化修辭」是「載不動許多愁」。這是一個「詞結」：動詞「載」是其從屬，受詞「愁」是主體。在語意上，「愁」是情緒之名，沒有形象；而「載」是具體的動作，有形象，所以雙方性質不同。今既構成一個文法環境，「主體」在「從屬」

的催化之下，轉變了性質──原本不具形象的「愁」，轉化而帶有「形象」，這是屬於「形象化」的修辭。

三、不生意樹，未啓心燈。（法苑 珠林）

文中有兩個「轉化修辭」，就是「意樹」與「心燈」。這是兩個「詞組」：「意樹」是「意所形成的樹」，「心燈」是「心所形成的燈」。所以「意」、「心」才是主體，「樹」、「燈」乃是其從屬。從語意上說，「意」、「心」屬於人，「樹」、「燈」屬於物，所以雙方性質不同。今既構成一個文法環境，「主體」在「從屬」的催化之下，轉變了性質──原本不屬物性的「意」、「心」，轉化而帶了「物性」色彩，所以這是一個「物性化」的修辭。

※附錄　辭格比較：轉化 譬喻

本課要點：　在語意學上

同類平行表出（譬喻）

異類融合同化（轉化）

在心理學上

屬於「思惟」的（譬喻）

屬於「直覺」的（轉化）

名稱比較

比擬

從文法上說，「譬喻辭格」可有兩種句法：一是簡句，二是複句。例如：

手如柔荑，膚如凝脂……（詩經 衛風 碩人）

上文是兩個「簡句」。首句是由兩個名詞（手、柔荑）與一個動詞（如）組成。次句（膚如凝脂）道理相同。

再如：

大石側立千尺，如猛獸奇鬼森然欲搏人。（蘇軾 石鐘山記）

上文是個「複句」：「大石側立千尺」是一句，「猛獸奇鬼欲搏人」也是一句，中間用一個動詞（如）字聯繫之而成爲「複句」。

有時表面看不像「複句」，實際仍是「複句」的，例如：

花紅易衰似郎意，水流無限似儂愁。（劉禹錫 竹枝詞）

上文是兩個「複句」。第一個「複句」：動詞「似」字之前，「花紅易衰」是一句；之後，「郎意」表面是一個「詞」，實際是「郎意易衰」之省寫——承上句而省寫也。所以仍是一個句子。第二個複句「水流無限似儂愁」，道理相同。所以說「譬喻辭格」可有「簡句」與「複句」兩種文法形式。而不論是哪一種形式，其主要「動詞」就是文中的「喻詞」。上舉各例，文中的「如」字、「似」字等，就是「喻詞」。這一類的字，在文法上的正式名稱是「準繫詞」，所以「喻詞」就是「準繫詞」。「準繫詞」是近似「繫詞」的一種詞。用「繫詞」造的句子是「判斷句」；用「準繫詞」造的句子就稱爲「準判斷句」。如此說來，「譬喻辭格」在文法上都應屬於「準判斷句」了。

如果一個「譬喻辭格」是一個「簡句」，它就是用一個「準繫詞」（喻詞）來聯絡兩個「詞」。像上文所舉的「手如柔荑」，就是用「如」字聯絡「手」與「柔荑」兩個「詞」。如果一個「譬喻辭格」是一個「複句」，它就是用一個「準繫詞」（喻詞）來聯絡兩個句子。像上文所舉的「大石側立千尺，如猛獸奇鬼欲搏人」，就是用「如」字聯絡「大石側立千尺」與「猛獸奇鬼欲搏人」兩個句子。

不論是聯絡兩個「詞」，或聯絡兩個「句」，這被聯絡的雙方，在修辭學上，分別都稱爲「喻體」與「喻依」。前一課說過，「喻體」是作品的「主體」所在；「喻依」則是「客體」——用來表述「喻體」之意含。就此而言，主、客雙方因具有共同的意含，乃成爲「平行」的關係。所以一個「譬喻辭格」可以說就是用一個「喻詞」加上兩個具有「平行意義」的話題，組合而成的。這兩個話題就是「喻體」與「喻依」。而「喻詞」就是用來聯絡「喻體」與「喻依」的。所以「喻詞」之所在，就表示了這種「平行意義」之所在。

大家都知道「轉化」與「譬喻」是不同的辭格，但也常常有不易區分的困擾。這裡先可以確定的一點就是：凡有「喻詞」之使用處，就是「譬喻修辭」之所在。因爲「喻詞」在句子中是用以表現「平行意義」的，而「轉化修辭」的句子正好不含這種意義。雖然「譬喻修辭」的句子也有不用「喻詞」的，像「略喻」、「借喻」就是；但我們也說過，「略喻」與「借喻」之不用「喻詞」，實際只是省略，而非不可用。檢驗的方法就是重新放回「喻詞」，如果文意不變，就可以確定該作品原本就是一個「譬喻格」。假定該作品實際是個「轉化格」時，勉強插置「喻詞」的結果，所表出的意思將與原意不同。這是鑑別兩種辭格的一個方法。舉例來說：

落絮無聲春墮淚（吳文英 浣溪沙）

上文在文法上算是兩個句子：「落絮無聲」是個「有無句」，動詞是「無」字；「春墮淚」是個「敘事句」，動詞是「墮」字。兩個句子的「條件」各自具足，但合成一個詩句時，中間沒有聯繫。原來這是一個「譬喻修辭」，中間省略了「喻詞」（準繫詞）——「如」字。今試將「如」字放回：

落絮無聲如春墮淚

「落絮無聲」（喻體）是一件事，「春墮淚」（喻依）是另一件事。兩事具有共同意義，爲一「平行」的關係，所以作者以彼喻此；不過省略「喻詞」而成「略喻」之型態。像這個「喻詞」，用與不用，作品的意思都一樣。由此證明這是一個「譬喻修辭」，同時也是一個「複句」。

現在單獨看這個「複句」的前後兩小句：前句「落絮無聲」的主詞是「落絮」，述詞是「無聲」。條件齊備，無處可插置「喻詞」，所以本身不是一個「譬喻修辭」。後句「春墮淚」的主詞是「春」，述詞是「墮淚」。條件齊備，無處可插置「喻詞」，所以也不是一個「譬喻修辭」。

不過這兩小句有一個相異點：前句的「主詞」與「述詞」，在詞義上有「統一性」，可以合成一個「意念」——「落絮無聲」就是「花絮輕落」之意，意念清晰完整。然而後句的「主詞」與「述詞」，在詞義上並不具「統一性」，所以不能合成一個「意念」。——「春」是季節之名，「墮淚」是人的行爲，兩事不相干，所以說不能合成一個「意念」。不過它終究表出一個「意念」來了，那是因爲「春」字經過轉化，與「墮淚」一詞同具「人性」之後，雙方才合成的意念。所以「春墮淚」一句不屬「譬喻修辭」，而屬「轉化修辭」。

總結而言，一個「譬喻格」的前後詞（簡句），或前後句（複句），其間的意義是平行的、同類的。因爲同類，所以其中之一個，可以用來表述另一個的意思。而一個「轉化格」的前後詞，彼此之間的意義，不但是不平行的，而且是異類的。因爲異類，所以其中之一個，會因另一個而轉化。例如「春」是季節之名，「墮淚」是人的行爲，兩者相合成句，後者促使前者轉化，使帶有「人性」，而完成「人性化」的「轉化修辭」。

「譬喻修辭」基本上，不是「簡句」就是「複句」。句中所用的動詞就是「喻詞」，不過有時不用而已。「轉化修辭」當然不會使用「喻詞」；至於其文法形式則較「譬喻修辭」爲多樣。除了在「句子」裡，「主詞」與「述詞」之間有造就「轉化格」的機會外；在「複詞」裡，「動詞」與「受詞」之間（詞結）、「附加詞」與「主體詞」之間（詞組），也都有造就「轉化格」的機會。此在第二課介紹「轉化的文法環境」時，已有詳說，此不贅述。

「轉化修辭」早期稱爲「比擬」。從名稱上看，「比擬」與「比喻」、「譬喻」，詞義相似。其所以如此，實因「譬喻格」與「轉化格」確有親密的關係在。舉個例說：

弱柳迎風疑舉袂（劉禹錫 憶江南）

上文是個「複句」，試譯成散文：

弱柳迎風搖擺，疑似人兒舉袂揮別。

「疑似」是「喻詞」（準繫詞），前句「弱柳迎風搖擺」與後句「人兒舉袂揮別」，意義上有「平行」的關係，所以構成一個「譬喻格」。原文若寫作：

弱柳舉袂。

這只是一個「簡句」：「弱柳」是主詞，「舉袂」是述詞。文法條件齊備，不能指爲「省略喻詞」，所以它不是「譬喻格」。此外，「柳」是植物之名，「舉袂」是人的行爲，所以在詞面上，二者是「異類」的關係。但「弱柳」與「舉袂」，詞義雖屬異類，卻能組合而表出一個「意念」來，那畢竟是因爲實際上「柳樹搖擺」與「人兒舉袂」有形似之處，然後「弱柳」才能轉化而與「舉袂」同具人性，雙方才能組合成意。裡層的道理是如此，但表層的表意方式畢竟不同，所以「譬喻格」與「轉化格」終是必須區分的。既然必須區分，則取名爲「比擬」就不如改名爲「轉化」。因爲「轉化」之名表出了該修辭技巧的特徵（異類事物因相合而起同化作用），與「譬喻格」的修辭技巧是不同的。

如果從「寫作心理」上來看，「譬喻修辭」與「轉化修辭」的區別也是截然可辨的。人心對事物的態度有「直覺的」與「思惟的」兩種。在直覺觀照之下，天地一體、物我無分，原本「異類」

之事物不再有別。於是說「春墮淚」，說「月含羞」——以人說物，或以物說人，都成爲可以理解的表述。這是「轉化修辭」的心理，它將「異類」看成「同類」了。而「譬喻修辭」的心理正好相反。我們說過，「譬喻修辭」基本上是一種「舉例說明」的動機——它取「同類事物」來代爲表述。雖是「同類事物」，但畢竟只是「同類」，而非「同一」。作者很清楚其間異同，才能就其所同，借彼說此，以達其旨。這種「清楚彼此之異同」的心理，就是「思惟的」心理狀態。也就是「譬喻修辭」的心理。

人的心理並不是經常處在「直覺狀態」之下的。只有當他用志不紛、心凝形釋的時候，才進入「物我合一」的狀態。這種狀態是自然形成的，有其形成的環境條件。它表現在修辭學上，就是「轉化辭格」。在一般「童話」作品裡，動物、植物都被作者賦予「人性」，所以表面看起來都是「轉化修辭」的表現；但從心理條件上說，因爲那不全然是「直覺狀態」之下的表出，所以只能算是「轉化修辭的模仿」而已，不是完全的「轉化修辭」。例如：

> 昨夜松邊醉倒，問松我醉何如？只疑松動要來扶，以手推曰：去！（辛棄疾 西江月）

這雖是一首「詞」，不是一篇「童話」；但作者正是以「童話」的口吻寫成的——以此表現他昨夜的醉態。所以算是「轉化修辭」的仿作。

《習作》

一、鴻鵠高飛，一舉千里。羽翼已就，橫絕四海。橫絕四海，又可奈何？雖有矰繳，尚安所施？（鴻鵠歌）

這是一首詩歌，全文寫鴻鵠能飛，既高且遠，不是吾人所能駕馭的。實際說的是：太子的勢力已經形成，無人能控制了。事見《漢書·張良傳》。就此而言，「太子」一事與「鴻鵠」一事是「同類」的事件，具有「平行」的關係。作者利用其一來表達另一，所以是屬「譬喻」之修辭，不是「轉化」之修辭。

二、慈愛異常母，督責如嚴師；裁其跅弛，以全其昂昂千里之資。（孫中山 祭王太夫人）

全文有四句，主詞都是「王太夫人」。第三句「裁其跅弛」是個「詞結」：「裁」是動詞，「跅弛」是受詞。「跅弛」是「放蕩不拘」之意，屬於「抽象」的概念；「裁」是「修剪」之意，屬於「具體」的動作。兩個「異類」的詞義，合成一個「複詞」，起「同化作用」：「跅弛」因「裁」而形象化，所以這是一個「轉化修辭」。

第四句「其昂昂千里之資」是個「詞組」：「其」是附加詞，「千里之資」是主體詞。「其」是「作者」的代名詞，「千里之資」是指「馬」的資質。兩個「異類」的詞義合成一個「複詞」，起「同化作用」：「其」因「千里之資」而物性化，所以這也是一個「轉化修辭」。

三、在天願作比翼鳥，在地願為連理枝。（白居易 長恨歌）

上文兩個句子，動詞都是「願」字。因爲「譬喻修辭」是用「喻詞」爲其動詞的，而「願」字當然不是「喻詞」，所以這兩個句子就不屬於「譬喻格」了。至於「轉化修辭」，那是在「物我合一」的心理狀態下造就的；而上文兩個句子的動詞都是「願」；「願」是「希望」的意思。用「希望」作動詞，所造的句子是「祈使句」。當主人翁說「在天希望作比翼鳥」、「在地希望作連理枝」時，不正表示他明白自己目前仍非「比翼鳥」、仍非「連理枝」？物我界線既明，就無「異類組合」、「交融轉化」之可言了。所以此例既非「譬喻修辭」，亦非「轉化修辭」。

第三課　象徵

本課要點：　　象徵格之原理

象徵與寓言

寓言與諷喻

相關辭格

譬喻

壹、象徵與譬喻

當我們說「身輕如燕」時，意思是說：人的動作與燕子一樣輕巧；當我們說「聲如洪鐘」時，意思是說：人的聲音與洪鐘一樣大；當我們說「口若懸河」時，意思是說：人的言語與懸河瀉下的水一樣多、一樣快。由這樣的解析可以印證前一課所說的觀念：當兩件事物含有相同的意義時，藉其中一件來比方另一件，以達曉喻之目的，就是「譬喻修辭」。

一件事物所含的意義，廣義地說，就是該件事物所含的「屬性」。事物是具體的；相對而言，「屬性」是抽象的。一件事物含有多少屬性，可能是難以估計的。不同的事物，所含的屬性自然不同；但這並不是說它們所含的屬性「完全不同」；而是說它們所含的屬性「不完全相同」而已。易言之，不同的事物仍可含有相同的屬性。必然是如此，「譬喻修辭」才有可能。因為「譬喻修辭」就是藉一件事物來表出另一件事物的意義的。前後既是兩件事物，便含有各異的屬性；然而既可互喻，也就含有共同的屬性。拿前面的例子「身輕如燕」來說，人與燕，當然是相異的兩件事物；但人的動作有時笨重，有時輕巧；輕巧的時候，便與燕子相似。所以藉「燕子」來說「人」，而形成一個「譬喻修辭」。

人的屬性，諸如「形貌」、「性情」、「智力」……等，項目是不計其數的。燕子的屬性，諸如「形貌」、「生態」、「功能」……等，項目也是不計其數的。當我們取譬相喻時，兩件事物之間只要具有一個相同點，這個「譬喻」便可以成立。而一件事物所含的屬性是不計其數的，所以同一事物，在不同的時候，可作不同的譬喻。例如說「恩重如山」時，是取山的厚重；說「師道山高」時，是取山的崇高；說「鐵證如山」時，是取山的堅定……；由此可見，一件事物擁有多種屬性，所以在不同的時機，可作成不同的譬喻。反過來說，一種屬性也可存在多件事物上，例如說「厚重」時，可以「山」為喻，也可以「海」為喻；說「崇高」時，可以「山」為喻，也可以「天」為喻；說「堅定」時，可以「山」為喻，也可以「鐵」為喻……；由此可見，一種「屬性」不必是「一件事物」所專有，因此才有可能取一件事物來比方另一件事物，而表出它們共有的意義。

甲、乙二件事物具有共同的屬性，於是藉乙說甲。這種表述方式是「譬喻」之法。若換一個表述方式：不是藉乙說甲，而是藉乙（或藉甲）來說那個「屬性」，那就是「象徵」之法了。若「事件」是具體的，相對地，「屬性」是抽象的，那麼在「譬喻之法」中，「喻」與「被喻」雙方，是「具體」對「具體」的關係；而在「象徵之法」中，「象」與「被象」雙方，是「具體」對「抽象」的關係。舉個例說：

風雨如晦，雞鳴不已。（詩經 鄭風 風雨）

上文敘述了一個具體事件，〈詩序〉說是「亂世，君子不改其度。」那便是譬喻之法——以「風雨如晦」喻「亂世」，以「雞鳴不已」喻「君子不改其度」。「喻」與「被喻」各是一具體事件；兩事件具有共同的意義（屬性），所以可以成立一個「譬喻」的關係。但我們也可以說：「那個事件象徵了堅貞的操守」。「堅貞的操守」是個抽象的意義，它可以由「風雨雞鳴」一具體事件來表現。

再舉個例：

歲寒，然後知松柏之後凋也。（論語 子罕篇）

本文也敘述了一個具體事件，朱子《集註》說是「士窮見節義，世亂識忠臣。」——以「歲寒」喻「士窮」、「世亂」，以「後凋」喻「節義」、「忠臣」。但我們仍可以說：「這個事件象徵了堅貞的操守」。「堅貞的操守」是個抽象的意義，它也可以由「松柏後凋」一具體事件來表現。

上舉兩例，都是具體事件。它們都可以有所象徵。正好所象徵的意思都是「堅貞的操守」。所以這是兩個具有「共同屬性」（共同意義）的事件。既然如此，我們便可以利用它們來作一個「譬喻修辭」的練習，如云：

風雨，雞鳴不已；猶如歲寒，松柏後凋。

「喻」與「被喻」各是一具體事件；兩事件具有共同的意義（屬性），所以可以成立一個「譬喻」的關係。

「譬喻」是「說明」，「象徵」是「表現」。一個作品是「譬喻」之法，或是「象徵」之法，可依陳述的方式而定。例如「風雨如晦，雞鳴不已」一件事，可以說是：譬喻「亂世，君子不改其度」；也可以說是：象徵「堅貞的操守」。前後兩個陳述，方式不同，所以所屬辭格亦不相同。

貳、寓言與諷喻

一個「物件」可以象徵一個「意義」，一個「事件」也可以象徵一個「意義」。「寓言」是一種文學體裁，它是藉「具體故事」來表現「抽象意義」的文學作品。所以它的寫作技巧就是「象徵格」。舉個例子：

> 孔子東遊，見兩小兒辯鬥。問其故，一兒曰：「我以日始出時去人近，而日中時遠也。」一兒以日初遠，而日中時近也。一兒曰：「日初出大如車蓋，及日中則如盤盂。此不爲遠者小而近者大乎？」一兒曰：「日初出滄滄涼涼，及其日中如探湯。此不爲近者熱而遠者涼乎？」孔子不能決也。兩小兒笑曰：「孰爲汝多知乎？」（列子 湯問）

從「體積大小」說，遠者小而近者大；從「溫度冷熱」說，近者熱而遠者涼。這個故事寄寓「見仁見智」的觀點問題。「故事」具體，「寓意」抽象——抽離故事情節而獨立成意。上面故事所寄寓的意思，就是它所象徵的意義。

有些故事作品雖然有「寓意」，但它是被用來說明另一事件的；換言之，該「寓意」乃爲兩具體事件所共有。那麼它就只是「譬喻」之法，不是「象徵」之法。例如：

> 楚襄王問於宋玉曰：「先生其有遺行與？何士民眾庶不譽之甚也？」宋玉曰：「唯，然，有之！願大王寬其罪，使得畢其辭。客有歌於郢中者，其始曰下里巴人，國中屬而和者數

千人；其爲陽阿薤露，國中屬而和者數百人；其爲陽春白雪，國中屬而和者不過數十人；引商刻羽，雜以流徵，國中屬而和者不過數人而已。是其曲彌高，其和彌寡。……夫聖人瑰意琦行，超然獨處。世俗之民，又安知臣之所爲哉？」

（楚辭 宋玉對楚王問）

上文陳述了一個故事，寓意是「曲高和寡」。就此而言，它合乎「寓言」的條件。但宋玉說此故事，實有一具體目標，就是用來表述自身的際遇——「宋玉」的故事與「郢中歌者」的故事相仿——宋玉藉之以自表，所以這是「譬喻」之法，不是「象徵」之法。既然如此，它就不能算是一個「寓言」。像這一類的作品，一方面具有簡短的情節，二方面含有諷勸、諷刺的現實目的，在修辭學上特稱爲「諷喻」。——喻，是其技巧；諷，是其功能。實際仍是一個「譬喻修辭」而已。

《習作》

一、……我望著菜油燈，燈盞裏兩根燈草心緊緊靠在一起，一同吸著油，燃出一朵燈花，無論多麼微小，也是一朵完整的燈花。（琦君 一對金手鐲）

燈草心，因為吸著燈油而燃出一朵燈花。「燈油」是不起眼的材料，「燈花」則是美麗動人的作品。這樣一個畫面本身即富有「象徵意義」。讀者可從這畫面所含的種種性質、樣態，自由詮釋。不過這段文字是〈一對金手鐲〉篇中的一個小節，其上文有「……眞覺得我和阿月是緊緊扣在一起的」，下文有「我覺得和阿月正是那朵燈花……」，這些語句使這富有「象徵意義」的畫面受到限制。這個畫面成為作者、阿月、奶媽三人的寫照。作者與阿月一同吃奶媽的奶水，長大成人，正像兩根燈草心一同吸著油，燃出一朵燈花。兩件事情具有共同意義，藉其中一件以表述另一件，就是「譬喻修辭」。因為有這樣的背景限制，所以讀者便沒有自由詮釋的空間了。

二、她是繡在屏風上的鳥——悒鬱的紫色緞子屏風上，織金雲朵裏的一只白鳥。年深月久了，羽毛暗了，霉了，給蟲蛀了，死也還死在屏風上。（張愛玲 茉莉香片）

「紫色緞子屏風上，織金雲朵裏的一只白鳥」，這是如何華麗高貴的背景！然而又是如何缺乏自由、缺乏生機的主題！所以這也是一個富於「象徵意義」的描繪。不過這段文字是在寫「她」。原文明說「她是繡在屏風上的鳥」。受限於這個背景，我們就只好說這段文字是一個「譬喻修辭」，用來譬喻一個女子的際遇。

三、凌霄不屈己，得地本虛心；歲老根彌壯，陽驕葉更陰。（王安石 孤桐）

這是標準的「詠物詩」，歌詠「孤桐」的生態。很明顯地，作者不是單純在寫「桐樹」而已。每一句都有鮮明的「象徵意圖」，與「歲寒松柏後凋」（論語）、「風雨雞鳴不已」（詩經）是相類的手法。我們當然也可以將它詮釋爲「作者之自喻」，成爲一個「譬喻」手法。但畢竟在作品裡面並沒有相關的背景資料。所以，解作「象徵修辭」可能是較爲合宜的。

第四課　拈　連

本課要點：　句法的常格與變格
- 拈連格之原理
- 拈連格之類型
  - 雙主詞拈連
  - 雙受詞拈連
  - 體依拈連
- 拈連格之術語
  - 本體
  - 拈體
  - 拈詞
- 相關辭格
  - 轉化

語言文字的使用，有其習慣性。我們遣詞造句，除考量語言文字本身所含的意義之外，還得考量社會大眾的使用習慣。所謂的「措詞不當」，一種情形是所用的「詞」本身不具所欲表達的意義；另種情形是所用的「詞」本身雖具所欲表達的意義，但實際不符社會大眾的使用習慣。前者當然是屬「用詞錯誤」，後者即使不算是「用詞錯誤」，也得說是「用詞不貼切」。舉個例來看：

午睡醒來愁未醒。（張先 天仙子）

此文包括兩個句子：「午睡醒」與「愁未醒」。句中動詞都是「醒」字。「醒」的意思是：結束昏沈的狀態。就此而言，「結束睡意」、「結束酒意」可以稱爲「醒」；那麼「結束憂愁」不也可以稱爲「醒」？但一般的使用習慣，「醒」字配「睡」字、「酒」字，而不配「愁」字。例如：

悶減愁消。（楚蘭芳 粉蝶兒）

文中「愁」字配「消」字。其實「消」字本身也是「結束」之義，只因一般的使用習慣，「愁」字就只配「消」字，不配「醒」字。

一個「詞」本身所具的意涵，可以稱爲該詞的「內在條件」（或稱「本身條件」）；至於它的使用習慣，我們可稱之爲該詞的「外在條件」（或稱「社會條件」）。一個「詞」的選用能兼顧上述兩個條件時，就是「貼切的措詞」（如「睡醒」、「酒醒」）；若只顧及「內在條件」，不及「外在條件」時，就是「不貼切的措詞」（如「愁醒」）。

由此看來，「不貼切」並不是完全的錯誤，只是不合社會大眾的習慣而已。不合社會的習慣的措詞，引起「不順口」、「不順眼」的效應，對語文藝術是有害的。但「不順口」、「不順眼」的另外一層意義，可能是「清新脫俗」、「新鮮有趣」的。若是運用得宜，它確實可以爲語文作品別開生面。眾所熟知的「轉化修辭」，就是這個原理。試看杜甫的句子：

顛狂柳絮隨風舞。（漫興）

「舞」字本身含有「揚起」之義；但在一般習慣裡，「舞」字只用來敘述「人」的動作，不用來敘述「柳絮」的動作。杜甫此句跳脫此一限制，說「柳絮隨風舞」，乃使人起一種新奇有趣的想像。以「舞」字作爲「柳絮」的動詞，正是只具「內在條件」，不具「外在條件」啊！

修辭學上有一種辭格，是由「句型相似、述詞同用」的兩個句子並聯而成的。該「述詞」，對前一句而言是貼切的（兼具內、外在條件）；對後一句而言是不貼切的（只具內在條件）。如此並聯的兩個句子就是「拈連修辭」。因爲後一句拈用前一句的「述詞」，兩句呈現一種特殊的關連，故名「拈連」。若將這兩個句子分別看，前一句因爲是合乎一般習慣的句法，乃稱「常格」；後一句因爲不是合乎一般習慣的句法，乃稱「變格」。一常一變，相映成趣，這就是「拈連修辭」的藝術。又，該「變格」因爲不是合乎一般習慣的句法，一旦獨立成文時，實際就是一個「轉化」修辭格。

像這樣由一個「常格」與一個「變格」聯合成文的修辭技巧，也有幾種不同的表現型態。下面分別舉例說明。

壹、雙主詞拈連

並聯的兩個句子，「主詞」各異，而「述詞」同一。前一句的「主詞」與「述詞」是常格的搭配（兼具內、外在條件）；後一句的「主詞」與「述詞」是變格的搭配（只具內在條件）。如此的型態，因爲是兩個「主詞」拈用同一「述詞」，故名「雙主詞拈連」。例如：

馬達聲音響動了，機器上的鋼帶……轆轆地滾著滾著。周仲偉的思想也滾得遠遠的。（茅盾 子夜）

上文，同用「滾」字作「述詞」的句子有二：前句主詞是「鋼帶」，後句主詞是「周仲偉」。「鋼帶」與「滾」的搭配是「常格」；「周仲偉」與「滾」的搭配是「變格」。一常一變，兩個「主詞」拈用同一個「述詞」，所以這是「雙主詞拈連」的修辭格。

「雙主詞拈連」除上述的標準形式之外，另有略作變化的形式，例如：

在兩個超級強國大聲爭吵時
在它們的數百顆核子彈
互相瞄準時
全人類都膽顫
連地球也心驚（渡也 浩劫後）

文中的「雙主詞拈連」是在末尾兩句：前句主詞是「人類」，述詞是「膽顫」；後句主詞是「地球」，述詞是「心驚」。這兩個「主詞」當然是不同的；但兩個「述詞」只是詞面不同，詞義實同。所以兩兩搭配的結果，仍然形成「一常一變」的關係：「人類膽顫」是常格；「地球心驚」是變格。像這樣的例子，仍屬一種「雙主詞拈連」的修辭。

同用一個動詞，兩句並聯的，不一定就是「雙主詞拈連」，例如：

> 一顆流星，墜落了；墜落著的，有清淚。（廣田 流星）

文中兩句，一寫「流星墜落」，一寫「清淚墜落」。動詞「墜落」，與主詞之一「流星」是常格搭配；與主詞之二「清淚」也是常格搭配。兩個「常格」並聯，就不是「拈連修辭」了。

貳、雙受詞拈連

兩句並聯，兩「受詞」同用一個「動詞」；這個「動詞」，與前句的「受詞」成常格搭配，與後句的「受詞」成變格搭配。如此的型態，稱為「雙受詞拈連」。例如：

> 山風吹亂了窗紙上的松痕，吹不散我心頭的人影。（胡適 秘魔崖之夜）

這兩句的動詞都是「吹」字；而前句受詞是「松痕」，後句受詞是「人影」。論其搭配，前句是常格，後句是變格。所以這是一個「雙受詞拈連」的辭法。

「動詞同一」是原則；有時兩個動詞，只是詞面不同，詞義實同。如此仍然能造就「一常一變」的拈連修辭。例如：

> 那日，一個清涼得沁人心肺的夏日黃昏，我和兩位中國同學到湖上釣魚。魚是一條也沒有上鉤，我卻網住了一輪溶溶的落日。（鍾玲）

文中的「拈連修辭」是在末尾兩句：前句動詞「上鉤」，受詞「魚」；後句動詞「網住」，受詞「落日」。這兩個「受詞」當然是不同的；但那兩個「動詞」只是詞面不同，詞義則一。所以搭配的結果，仍然形成「一常一變」的關係：「魚兒上鉤」是常格；「網住落日」是變格。所以這仍屬一種「雙受詞拈連」的辭法。

一個句子有「受詞」，是因爲句中使用「及物動詞」的關係。但是，在「不及物動詞」之後接用「介繫詞」，也可以有其「受詞」，稱爲「介繫詞受詞」。因此也能造就「雙受詞拈連」。例如：

> 我只是佇立凝望，覺得這一條紫藤蘿瀑布不只在我眼前，也在我心上流過。（宗璞　紫藤蘿瀑布）

文中的「雙受詞拈連」是在「紫藤蘿瀑布不只在我眼前，也在我心上流過」：動詞是「流」，介繫詞是「過」，受詞之一是「眼前」，之二是「心上」。「流過眼前」是常格，「流過心上」是變格。一常一變，這也是「雙受詞拈連」。不過動詞「流過」只出現一次；原來那是「探下省略」的文法，上下文共用動詞而已。

同用動詞，兩句並聯的，也有不是「雙受詞拈連」的。例如：

> 母親一把大剪刀，彷彿裁掉了我童年的憂傷，給我剪出一個原來如此瑰麗的世界。（何紫 戰爭，我正當童年）

「剪刀，裁掉了童年的憂傷，剪出一個瑰麗的世界」：主詞「剪刀」；動詞「裁」與「剪」——詞義相同；受詞之一是「童年的憂傷」，之二是「瑰麗的世界」。這兩個「受詞」分別與「裁」、「剪」的搭配，都屬變格。兩個「變格」並聯，不是「拈連」，只是兩個「轉化修辭」而已。

有時在同樣的「動詞」之下，運用三個「受詞」，其中有常格、有變格，我們仍以「雙受詞拈連」稱呼。例如：

> 街市漸漸平靜了，珠江水啊！載著一船船商品，載著一船船歡笑，載著一船船酒一般香醇的生活味兒，離開小墟。（楊羽儀 沸騰的墟日）

動詞是「載」。與它搭配的「受詞」之一是「商品」，之二是「歡笑」，之三是「生活味兒」。前一個搭配是「常格」，後兩個搭配是「變格」。如此型態，我們仍以「雙受詞拈連」看待即可。

參、體依拈連

「體依」是「喻體」、「喻依」二詞的省稱。在一個「雙主詞拈連」中，兩個「主詞」的關係必然是密切的。有時作者就將這兩個「主詞」當作「喻體」與「喻依」的關係，而以「譬喻修辭」的方式表現，於是這個「雙主詞拈連」就變成了「體依拈連」——也稱爲「比喻拈連」。例如：

愛情就鳥兒似的飛了。（禹偁 月落）

喻詞「似」字，喻體「愛情」，喻依「鳥兒」。通常我們就說這是一個「譬喻」。但站在「拈連修辭」的立場看，這也是一個「拈連」。因爲這個句子的意思可以換個方式說：

鳥兒飛了，愛情也飛了。

意思雖同，但換這個方式表現，就成「雙主詞拈連」。原來那個表現方式，我們就稱爲「體依拈連」（或稱爲「比喻拈連」）。當採用「體依拈連」的方式表現時，二句併作一句寫，「動詞」也就只出現一次。差別如此而已。

一個句子，除去「主詞」，剩下的都算是「述詞」的範圍。所以一個句子的「述詞」，簡單的如上例，只有「飛」一個字而已；而複雜的就可能是一長串文字的組合。例如：

這是多美麗、多生動的一幅鄉村畫。作者的筆眞像是夢裡的一支小艇，在波紋瘦�鱗的夢河裡蕩著，處處有著落，卻又處處不留痕跡……（徐志摩 志摩的欣賞）

文中喻體是「作者的筆」，喻依是「一支小艇」。其後的文字（「在波紋……不留痕跡」）就全是「述詞」——爲「喻體」、「喻依」所共用。這「述詞」，對「喻依」（「一支小艇」）而言，是常格搭配；對「喻體」（「作者的筆」）而言，是變格搭配。一常一變，所以這是一個「拈連修辭」。

綜觀上述三種類型，「拈連修辭」原則上是發生在「並聯」的雙句之間。對單句而言，是無所謂「拈連修辭」的。例如：

無言獨上西樓，月如鉤，寂寞梧桐深院鎖清秋。(李煜 相見歡)

文中動詞是「鎖」，其受詞是「清秋」。至於「深院」，可以視爲「主詞」，也可以視爲「處所詞」。不論如何，本文只是一個句子，既無「雙主詞」，亦無「雙受詞」。所以即無「拈連修辭」之可言，只算是一個「轉化格」罷了(參看第二課)。陳望道《修辭學發凡》說：

鎖本是適合深院的，但卻又拈連了下文的清秋。

「鎖」字固然適合「深院」，但在本文的文法上，「鎖」字的受詞只有「清秋」一個；「深院」不是受詞。所以，視此爲「拈連修辭」，乃是一個錯誤的判斷。

附帶一提：「拈連修辭」中，兩句同用的「述詞」，也稱爲「拈詞」。與「拈詞」作常格搭配的句子，其「主詞」(或「受詞」，或「喻依」)，也稱爲「本體」。而與「拈詞」作變格搭配的句子，其「主詞」(或「受詞」，或「喻體」)，也稱爲「拈體」。

《習作》

一、欲把西湖比西子，淡妝濃抹總相宜。（蘇軾 飲湖上初晴後雨）

「西湖比西子」是個譬喻：「西湖」是喻體，「西子」是喻依。共用的述詞是「淡妝濃抹總相宜」。此「述詞」，與「西子」的搭配是常格；與「西湖」的搭配是變格。一常一變，所以這是一個「體依拈連」的修辭。

二、不知細葉誰裁出，二月春風似剪刀。（賀知章 詠柳）

「二月春風似剪刀」是個譬喻：「二月春風」是喻體，「剪刀」是喻依。共用的述詞是「裁出細葉」。此「述詞」，與「剪刀」的搭配是常格；與「二月春風」的搭配是變格。一常一變，所以這也是一個「體依拈連」的修辭。

三、你默默地吐著絲，吐著溫暖，吐著愛。（馬繼紅 蠶）

全文三句，公用同一動詞「吐著」。三個受詞分別是「絲」、「溫暖」、「愛」。「吐著」與「絲」的搭配是常格；與「溫暖」、「愛」的搭配是變格。有常有變，所以這算是一個「雙受詞拈連」。

四、出門萬里客，中道逢嘉友。未言心先醉，不在接杯酒。（陶潛擬古九首之一）

第三句「未言心先醉」中，「心醉」在文法上已是一個句子：「心」是主詞，「醉」是述詞。兩者的搭配是「變格」。因爲沒有另外的「常格」來並聯，所以這裡並無「拈連」修辭，只是一個「轉化格」而已。如果有兩個句子作：「人未醉，心先醉。」那麼「人」、「心」二主詞同用一個述詞「醉」字，前句是常格，後句是變格，那就是一個標準的「雙主詞拈連」了。

第五課　雙　關

本課要點：　一句話適用兩個解釋

一音二字

一字二義

一句話適用兩個處所

相關辭格

象徵

借喻

「雙關格」就是指「一語雙關」的修辭技巧。一句話而能形成兩個意思，其實際狀態有兩種，其一是「一句話適用兩個解釋」；其二是「一句話適用兩個處所」。下面分別舉例說明之。

壹、一句話適用兩個解釋

《金史·后妃傳》：

> 章宗元妃李氏，勢位熏赫，與皇后侔。一日宴宮中，優人玳瑁頭者戲於上前。或問上國有何符瑞？優曰：「汝不聞鳳凰現乎？」曰：「知之而未聞其詳。」優曰：「其飛有四，所應亦異。若向上飛，則風雨順時；向下飛，則五穀豐登；向外飛，則四國來朝；向裡飛，則加官進祿。」

因為「裡飛」二字與「李妃」二字同音，所以「向裡飛，則加官進祿」一語，除依原文解釋之外，又可解作「向李妃，則加官進祿」。所謂「適用兩個解釋」，在這裡就是說：上下文意不但能配合「裡飛」二字成義，也能配合「李妃」二字成義。如果說作者確有製作「雙關」的意圖，那麼此例就是運用「同音為媒」的原理。同音而不同字，所以形成不同的意思。

再如：

> 楊柳青青江水平，聞郎江上唱歌聲。東邊日出西邊雨，道是無晴還有晴。（劉禹錫 竹枝詞）

因為「晴」字與「情」字同音，所以「道是無晴還有晴」一語，除依原文解釋之外，又可解作「道是無情還有情」。此例也是運用「同音爲媒」的原理。同音而不同字，所以能解出不同的意思來。

「同音爲媒」是一種途徑；另有一種途徑是「同字爲媒」的。「同音異字」可形成兩個解釋；「同字異義」也能形成兩個解釋。例如：

> 「李太白是知己，白樂天是啓蒙師，余適字三白，爲卿婿；卿與白字何其有緣耶？」芸笑曰：「白字有緣，將來恐白字連篇耳！」（沈復 浮生六記）

因爲「李白」等人的「白」，與「白（別）字」的「白」同字，所以「白字有緣」一語，除作「姓名的白」解釋之外，又可作「別字的白」解釋。所謂「適用兩個解釋」，在這裡就是說：上下文意不但能配合「姓名的白」而成義，也能配合「別字的白」而成義。如果說作者確有製作「雙關」的意圖，那麼此例就是運用「同字爲媒」的原理。同字而不同解，所以形成不同的意思。

再如：

> 「聽說你們有一種新貨色叫做愛情？」「是的，那是一種洗衣機。」……「沒有人將多餘的愛情放在這裡寄售嗎？」「多餘？」女店員尖聲叫了起來：「我們人人自己都缺貨呢！」（張曉風 癲者）

因爲作爲「洗衣機之名」的「愛情」，與作爲「男女之關係」的「愛情」同詞，所以「我們人人自己都缺貨呢」一語，除作「洗衣機」解釋之外，又可作「男女之關係」解釋。此例也是運用「同字爲媒」的原理。同字而不同解，所以形成不同的意思。

以上共舉四例，前二例是以「同音爲媒」而製成的雙關格；後二例是以「同字爲媒」而製成的雙關格。它們是：或因「異字同音」之故，或因「異義同字」之故，而形成不同的意思。所以都屬於「一句話適用兩個解釋」的款式。

貳、一句話適用兩個處所

《紅樓夢·第八回》：

這裡寶玉又說：「不必燙暖了，我只愛喝冷的。」薛姨媽道：「這可使不得！吃了冷酒，寫字，手打顫兒。」寶釵笑道：「寶兄弟，虧你每日家雜學旁搜的，難道就不知道酒性最熱？要熱吃下去，發散的就快；要冷吃下去，便凝在內，拿五臟去暖他，豈不受害？從此還不改了呢！快別吃那冷的了。」寶玉聽這話有理，便放下冷的，令人燙來方飲。黛玉嗑著瓜子兒，只管抿著嘴笑。可巧黛玉的丫鬟雪雁走來，給黛玉送小手爐兒。黛玉因含笑問他說：「誰叫你送來的？難爲他費心，哪裡就冷死我了？」雪雁道：「紫娟姐姐怕姑娘冷，叫我送來的。」黛玉接了抱在懷中，笑道：「也虧你倒聽他的話。我平日和你說的話，全當耳邊風；怎麼他說了，你就依得比聖旨還快呢？」

這段文字可分作上下兩節，上節是：寶釵擔心寶玉喝冷酒傷身，教他改喝熱的；於是寶玉叫人燙來方飲。下節是：紫娟擔心黛玉冷天傷身，教雪雁送火爐兒來；於是雪雁就送來了火爐兒。上下兩節劇情相似，於是黛玉的話，如「哪裡就冷死我了」、「全當耳邊風」、「依得比聖旨還快」等語，就不只可以用來對紫娟、雪雁說，也可以用來對寶釵、寶玉說。一語兩用，所以形成「雙關」修辭。這就是「一句話適用兩個處所」的原理。將此原理用在詩歌作品的例子很多。例如：

自是尋春去較遲，不須惆悵怨芳時。狂風落盡深紅色，綠葉成蔭子滿枝。（杜牧 歎花）

此詩寫：尋春去遲，紅色落盡，綠葉成蔭。因感嘆花期之逝去，故詩題為「歎花」。但傳說杜牧曾有一段情緣，因延誤期約而錯失了。於是〈歎花〉一詩除依原文解釋外，也適用於那個愛情故事。一語兩用，形成雙關。所以這也是「一句話適用兩個處所」的例子。

再如：

煮豆燃豆萁，豆在釜中泣。本是同根生，相煎何太急！（曹植 七步詩）

此詩寫「豆」與「豆萁」本是同根所生，然而一在釜中，一在釜底，其情堪哀。傳說曹丕忌其弟才，令其七步內成詩，曹植因作此。於是此詩除依原文作「豆與豆萁」解釋外，也適用於他們兄弟間之事。所以這也是「一句話適用兩個處所」的雙關修辭。

以上共舉三例，第一例《紅樓夢》的故事，黛玉的話適用於此，復適用於彼，所以形成雙關。第二例、第三例都是詩歌作品。

作品內的意思，同時適用於作品外的事件，所以也形成雙關。所不同者，第一例所涉的兩個處所，俱見於本文之中；而第二、三例所涉的兩個處所，均是一在本文之內，一在本文之外。至於它們都是「一句話適用兩個處所」，則屬同類；而與前文「一句話適用兩個解釋」的款式有別。然而都不外乎「一語雙關」之修辭格。

若進一步比較，〈歎花〉、〈七步詩〉之類的辭法還有一個特別之處，就是它們在命意上都近似「譬喻辭格」——以物喻人；它們所形成的雙關二義，正好就像「喻依」與「喻體」的關係。但我們終究認定它們是「雙關辭格」，不是「譬喻辭格」。下面舉個文例，進一步說明之：

> 勸君莫惜金縷衣，勸君惜取少年時；花開堪折直須折，莫待無花空折枝。（杜秋娘 金縷衣）

前兩句寫「惜時」，後兩句寫「惜花」。上下文意既不相貫，則「惜時是主旨、惜花是比方」乃成必然的認定。所以此詩四句是由「喻體」與「喻依」合組而成的。此種辭法是典型的「譬喻格」，與上述〈歎花〉等全文只是「一件事寫到底」者不同。〈歎花〉全文只是寫花，讀者是由文外的資訊，才得知其所暗藏之義。設使讀者不知作品含有弦外之音，則此詩就只是「歎花」而已，別無所指也。所以說上面兩篇之型態是有區別的。

此外，〈金縷衣〉一篇既屬「譬喻」，則篇旨即在其「喻體」之中，所以全篇確定就是一個「惜時」的意思。相對而言，〈歎花〉一篇，即使是別有所指、意在言外，也必因為作品本身未提供線索之故而無法確證。所以「譬喻格」與「雙關格」在旨趣的表現上，明暗的程度也不一樣。

再看劉長卿的〈聽彈琴〉：

> 泠泠七弦上，靜聽松風寒。古調雖自愛，今人多不彈。

此詩也是「若有所喻」的樣子，但文內只是寫「彈琴」，別無其他線索，故不同於〈金縷衣〉，不宜作「譬喻」看待；而文外又無相關事蹟可考，所以作品型態雖與〈歎花〉相同，終無法指認其爲「雙關辭格」。這種情況，在「詠物詩」裡表現得最普遍，例如：

> 蘭若生春夏，芊蔚何青青。幽獨空林色，朱蕤冒紫莖。遲遲白日晚，嫋嫋秋風生。歲華盡搖落，芳意竟何成？（陳子昂感遇）

此詩寫「蘭若」之盛開與凋落。因爲原作只是寫「蘭若」，未提供其他資料，我們不能斷言它在譬喻什麼，只能說它是「若有所指」。學者們大致都同意此詩篇旨爲「美好理想未能實現」之意。若準此來看作品之修辭技巧，那麼它應屬於「象徵」的修辭格。「象徵」的定義是：用具體之事物表現抽象之意義（見第三課）。通常這個抽象之意義就「涵蘊」（imply）在那個具體事物之中。因爲有作品「本質上」的憑據，所以用「象徵」來詮釋「詠物詩」，既不涉猜測，也就不起爭議。

所謂「言之者無罪，聞之者足以戒」，就是「雙關修辭」的最佳寫照。其所以「言之者無罪」，正因「言外之意」本即是若有若無、相當隱暗的。然而既是若有若無，就不是絕對沒有，所以就「聞之者足以戒」了。

《習作》

一、鶴林玉露：「李彊父為昭文相，嘗出六和塔，題詩云：往來塔下幾經秋，每恨無從到上頭。今日登臨方覺險，不如歸去臥林丘。……」

詩之全文寫「登塔」一事。若根據詩前的「引言」，我們可以說：此詩借喻「爲相」之事。但因該線索不在作品之內，其「喻意」終究只是我們的猜解，無法確證。不如視之爲「雙關」修辭：文內明示「登塔」之意，文外暗藏「爲相」之意。內外二意，因而形成雙關之格。

二、八月湖水平，涵虛混太清。氣蒸雲夢澤，波撼岳陽城。欲濟無舟楫，端居恥聖明。坐觀垂釣者，徒有羨魚情。（孟浩然 望洞庭湖贈張丞相）

全詩共四聯，如果所寫都止於「湖上」一事，則與〈歎花〉、〈七步詩〉同型，可作「雙關格」解。但原作實際自揭了底蘊——「端居恥聖明」一句便是作者眞實心意之所在。於是「干祿求仕」明顯成爲全文之旨趣，而篇中各句便都成爲「譬喻」的辭法了。所以此詩與杜秋娘〈金縷衣〉同類，是屬「譬喻辭格」，不是「雙關辭格」。

三、自小刺頭深草裡，而今始覺出蓬蒿。時人不識凌雲木，直待凌雲始道高。（杜荀鶴 小松）

全詩寫「小松」之成長，沒有其他資訊可憑。所以既不能證明它譬喻什麼，也不能猜想它暗指（雙關）什麼。除依文釋義之外，能進一步說的，就是它的象徵意義——「大器晚成」。象徵之意義，本即是從作品中分析、抽取出來的。這是一首「詠物詩」，所以宜作「象徵格」看，不宜作「雙關格」或「譬喻格」解。

第六課　倒　反

本課要點：

- 簡易倒反
- 加重倒反
  - 挖苦
- 轉移倒反
  - 對象轉移
  - 立場轉移
- 相關辭格
  - 雙關

「倒反」之義就是：表面所說的話，與實際所要表達的意思相反。換言之，「反面說話」只是作爲一種表達的技巧，而非其目的之所在。因爲如此，所以它與「說謊」是不同的。「說謊」之目的在隱藏眞相、實意；「倒反」並無隱藏眞相、實意的企圖，只是藉反面的方式，間接表達意思，使其所表，呈一種曲折、含蓄的趣味而已。這種修辭格經常被用爲一種「諷勸」的技巧。因爲其方法有間接、曲折的特性，所以能造就一種委婉、含蓄的效果。專就此一功能而言，它在修辭學上又有「反諷」一名。意義就是：藉「倒反」以達「諷勸」目的之修辭技巧。

在一般文學作品中，「倒反」的使用是相當頻繁的；其表現的方式則繁簡不一，下面分別介紹之。

壹、簡易倒反

「倒反修辭」既是從反面說話，又有別於「說謊」；於是說話者在前、後語之間，留置適當的線索，供人揣摩、會意，便是必要的措施。舉一個例來看：

> 中國軍人的屠戮婦嬰的偉績、八國聯軍的懲創學生的武功，不幸被這幾縷血痕抹殺了。（魯迅 記念劉和珍君）

此例之中，「倒反」的線索就表現在上下詞義的搭配：「屠戮婦嬰的偉績」、「懲創學生的武功」。在正常的觀念裡，「屠戮婦嬰」是「惡行」，不是「偉績」；「懲創學生」是「劣行」，不是「武功」。作者故作「用詞失當」，來表現「倒反」之修辭：表面的話是讚美的，實際的意思是譴責的。

再看一例：

> 孫定爲人最鯁直……稟道：「此事果是屈了林沖，只可週全他。」府尹道：「他做下這般罪，高太尉批仰定罪，定要問他『手執利刃，故入節堂，殺害本官』，怎週全得他？」孫定道：「這南衙開封府不是朝廷的，是高太尉家的！」（水滸傳 第七回）

此例之中，「倒反」的線索就表現在：所言背離事實。地方官從來就是屬於朝廷的；說「不是朝廷的」，顯然是背離事實，所以聽者不難領會說話者的意旨。

從上面二例可以看出，「倒反」只是一種表意方式。因爲前言後語、字裡行間總有線索可尋，讀者、聽者不至於誤會，所以畢竟與「說謊」的意義不同。

貳、加重倒反

先看一例：

> 楚莊王之時，有所愛馬。衣以文繡，置之華屋之下，席以露床、啗以棗脯。馬病肥死，使群臣喪之。欲以棺槨、大夫禮葬之，左右爭之，以爲不可。王下令曰：「有敢以馬諫者，罪至死。」優孟聞之，入殿門，仰天大哭。王驚而問其故，優孟曰：「馬者，王之所愛也。以楚國堂堂之大，何求不

> 得？而以大夫禮葬之，薄！請以人君禮葬之。」（史記 滑稽列傳）

此例中的「倒反修辭」表現在「優孟」的話中。「優孟」對楚王的荒謬行爲，基本上是持反對之立場。但他在話裡，不但未表反對，更在「不反對」的立場上，進一步提供意見，以加重楚王的荒謬。此種「倒反」方式不同於上面的「簡易倒反」，我們稱之爲「加重倒反」。加重的結果，原本的「荒謬」更見荒謬，其「諷勸」的效果乃更加凸顯。楚王終因有所覺悟而取消了原議。

再看一例：

> 蕭俛、段文昌議銷兵之法……笠翁曰：「古來銷兵之法，未有善於蕭俛、段文昌之議者也。……以此銷兵，始爲刈草除根之法。但須再立二法以佐之，一曰：兵士有病不許服藥；二曰：盜賊有警不得捕剿。如是，則兵有所歸而逃者眾，病無所救而死者繁矣。」（李漁 論唐之再失河朔不能復取）

此文對「蕭、段銷兵之法」實持反對之議，卻說「古來銷兵之法，未有善於蕭俛、段文昌之議者也」。不但未表反對，更在「贊成」的立場上，進一步提供意見，說「但須再立二法以佐之……」。這也是「加重倒反」的修辭技巧，藉以強化「諷勸」的效果。

參、挖苦

「加重倒反」是以「簡易倒反」爲基礎，基本上也是正話反說；但更進一步提昇層級，以凸顯「諷勸」的意向。此外，另有一種方式也是以「簡易倒反」爲基礎的；但不是進一步提昇層級，而是在倒反之後，追加「理由」以爲支持。但所說的理由，通常都是荒謬可笑的；因而也成爲此一「倒反修辭」所提示給人的線索。例如：

> 始皇議欲大苑囿，東至函谷，西至雍、陳倉。優旃曰：「善！多縱禽獸於其中，寇從東方來，令麋鹿觸之足矣。」
>
> （史記 滑稽列傳）

文中的「倒反修辭」是在「優旃」的一段話中。對於始皇「擴大苑囿」之議，他說「善」。這基本上已是一個「倒反」。不但如此，他又說「多縱禽獸於其中，寇從東方來，令麋鹿觸之足矣」——爲那「決策」追加理由，以爲支持。實則也藉荒謬的理由來凸顯「決策」的荒謬。這就不只是「簡易倒反」的型態，也不屬於「加重倒反」的型態，而是屬於俗話所謂的「挖苦」型態了。

「挖苦」的倒反修辭，在〈滑稽列傳〉裡還有一個：

> 二世立，又欲漆其城。優旃曰：「善！主上雖無言，臣固將請之。漆城雖於百姓愁費，然佳哉！漆城蕩蕩，寇來不能上。……」

文中「優旃曰善」，就是一個「倒反」。之後，「漆城蕩蕩，寇來不能上」，更爲二世之「決議」追加理由。以這荒謬的理由來凸顯那「決議」的荒謬。所以這也是一個「挖苦」的倒反修辭。

肆、轉移倒反

「倒反修辭」除了上述諸款式之外，還有一種「轉移」的款式。這裡所謂的「轉移」是指：在「轉移」過程中形成的「倒反」修辭。至於如何轉移？轉移什麼？下面將分類說明。

一、對象轉移

先看一個文例：

> 莊宗好田獵，獵於中牟，踐民田，中牟縣令當馬切諫，爲民請。莊宗怒，叱縣令去，將殺之。伶人敬新磨，知其不可，乃率諸伶走追縣令。擒至馬前，責之曰：「汝爲縣令，獨不知我天子好獵耶？奈何縱民稼穡以供稅賦？何不饑汝縣民而空此地，以備吾天子之馳騁？汝罪當死！」（五代史 伶官傳）

文中相關人物有三：伶人、縣令、莊宗，形成一個「三角關係」。伶人表面的說話對象是縣令，實際的對象是莊宗。「奈何縱民稼穡以供稅賦？何不饑汝縣民而空此地，以備吾天子之馳騁？」這話，與其說是講給縣令聽的，不如說是講給莊宗聽的。似此「說話對象」的轉移，就是一種間接的表達技巧。其間，當褒獎的對象是縣令，當貶責的對象是莊宗；但是伶人的貶責卻是對縣令而發。當然，經過「轉移」的手續之後，被貶責的人終究還是莊宗。這就是應用「轉移」之方式達成「倒反修辭」之技巧。

再看一例：

齊景公出弋昭華之池，顏鄧聚主鳥而亡之。景公怒而欲殺之，晏子曰：「夫鄧聚有死罪四，請數而誅之。」景公曰：「諾！」晏子曰：「鄧聚爲吾君主鳥而亡之，是罪一也；使吾君以鳥之故而殺人，是罪二也；使四國諸侯聞之，以吾君重鳥而輕士，是罪三也；天子聞之，必將貶絀吾君，危其社稷，絕其宗廟，是罪四也。此四罪者，故當殺無赦，臣請加誅焉。」（韓詩外傳卷九）

文中相關人物有三：晏子、鄧聚、景公，也形成一個「三角關係」。晏子貶責的對象，表面是鄧聚，實際是景公。所以這也是一個「倒反」修辭，不過是透過「對象轉移」的技巧才完成的。

同屬「對象轉移」的技巧，還有別種型態，例如：

子之武城，聞弦歌之聲。夫子莞爾而笑曰：「割雞焉用牛刀？」（論語 陽貨篇）

文中出現的人物只有孔子、子游二人；但實際相關的人物還有「君主」一人。因爲「割雞用牛刀」是喻子游「大才小用」；但是「大才小用」之責不在子游，而在君主。所以文中相關人物實有三人，也形成一個「三角關係」。孔子責備的對象，表面是子游，實際是君主。褒貶的反轉，因「對象轉移」而形成。

再如：

承疇已歸順本朝，百五獨不肯，脱身走海，尚圖結援，爲大兵所獲。洪往諭降，百五故作不認識，曰：「吾眼已瞎，汝爲誰？」洪曰：「小侄，承疇也。伯父豈忘之耶？」百五大

呼曰：「洪公受國厚恩，殉節久矣！爾何人斯？欲陷我於不義乎？」乃揪洪衣襟，大批其頰。（錢泳 沈百五）

文中人物實際只有百五、承疇二人；但因爲百五在話中虛構了一個完美的「洪公」，所以此例中的相關人物仍可作三人看待。百五在表面上褒揚那個虛構的「洪公」，實際是在貶抑眼前的「承疇」。所以這也算是一個「對象轉移」的倒反修辭法。

二、立場轉移

上面介紹的「轉移」是「說話的對象」的轉移。「說話的對象」是「說話之客體」。而「說話之主體」的轉移，也能造就「倒反」修辭。這種「轉移」也可以稱作「立場的轉移」。

各人有各人的說話立場，我們平常說話，代表的當然就是自己的立場。但有些時候，我們的話是站在別人的立場說的。所以那些話代表的是別人的見解，不是自己的見解。當別人的見解與自己的見解相反時，我們用別人的立場說話，就是一種「倒反修辭」。例如：

晉侯秦伯圍鄭……佚之狐言於鄭伯曰：「國危矣！若使燭之武見秦君，師必退。」公從之。辭曰：「臣之壯也，猶不如人；今老矣，無能爲也矣。」（左傳 僖公三十年）

文中燭之武的話「臣之壯也，猶不如人」，並不代表他自己的見解；乃是站在一般朝臣的立場說的。他壯年時不受重視，在心理上是不平的，所以「他對自己」的見解，與「朝廷對他」的見解是相反的。此時他不站在自己的立場說話，而站在別人的立場說話，此乃是使用「倒反修辭」來抒發不滿、諷刺現實的。這裡轉移的不是「說話的對象」，而是「說話的立場」——不用自己的立場說話，而用別人的立場說話，所以是一種「立場的轉移」。

再看一例：

故國神遊，多情應笑我，早生華髮。（蘇軾 念奴嬌）

人，有的情深、有的情淺、有的情多、有的情寡。天之生人如此，原無道理可說。若因此而相互責難、相互譏笑，均屬無明。上文「多情應笑我」，雖出自作者之口，實非作者之見。世人或以「多情」爲可笑，作者並不以爲然；文中不過是用「自己的口」說「別人的話」而已，所以也是一次「立場轉移」的運用。

從「說甲」轉到「說乙」，是「說話對象的轉移」；從「甲說」轉到「乙說」，是「說話立場的轉移」。「說話立場的轉移」，廣義地說，就是「說話觀點的轉移」。所以，藉著「變化觀點」來造就「倒反」的修辭，都可歸屬這一類。試看一個例子：

外國人保留的蠻性要比我們多一些，也許是因爲他們去古未遠的緣故。看他們打架的方式就可以知道，一言不合，便是直接行動，看誰的胳臂力量大；不像我們之善於口角，乾打雷不下雨。（梁實秋 運動）

外國人「蠻性多一些」，所以「胳臂力量大」。這是作者的邏輯。前者是因，後者是果。從「因」看，是貶損之意；從「果」看，是褒獎之意。文章的實旨在褒獎外國人的胳臂力量大，卻在其上冠個

「釁性多一些」的惡名。將正、反二義作成「因果」的組合：話說於此，義取於彼。這就是應用「觀點轉移」而造就的倒反修辭。

「倒反格」與「雙關格」當然是屬不同的修辭技巧；但兩者以曲折、含蓄的方式，達成諷勸之目的，則有異曲同工之妙。其間以「雙關格」中的「一句話適用兩個處所」（見第五課）與「倒反格」中的「對象轉移」，此二技巧尤爲相似。試比較下面兩個例子：

> 道士對奕，虯髯與公旁侍焉。俄而文皇到來，精采驚人。長揖而坐，神氣清朗，滿座生風，顧盼煒如也。道士一見慘然，下棋子曰：「此局全輸矣！……」（杜光庭 虯髯客傳）

> 秦始皇時，置酒而天雨，陛楯者皆沾寒。優旃見而哀之……。居有頃，殿上上壽呼萬歲。優旃臨檻大呼曰：「陛楯郎！」郎曰：「諾！」優旃曰：「汝雖長，何益？幸雨立；我雖短也，幸休居。」（史記 滑稽列傳）

「棋局」與「政局」相仿。在上一例，道士的話一方面是對「棋局」而發，另方面也暗指「政局」。一句話適用兩個處所，所以是「雙關」修辭。下一例，優旃的話表面是對陛楯郎說的，實際是說給秦始皇聽的。嘲諷的對象由這裡轉到那裡，所以是「對象轉移」的倒反修辭。兩例相較，同樣是屬於「間接表達」的方式；不過前例所表的旨意是「兩處兼適」的，所以是「雙關」；而後例所表的旨意則是「兩處相轉」的，所以是「倒反」。此其不同之所在也。

《習作》

一、宋江道：「你還了我招文袋。」婆惜道：「你在那裡交付與我手裡，卻來問我討？」……只見那婆惜柳眉踢豎、星眼圓睜，說道：「老娘拿是拿了，只是不還你！你使官府的人便拿我去做賊斷！」宋江道：「我須不曾冤枉你做賊。」婆惜道：「可知老娘不是賊哩！」（水滸傳 第二十回）

宋江的招文袋落在婆惜手裡。袋中是山賊「晁蓋」送給宋江的金子和書信。所以閻婆惜的話「老娘不是賊」，實際意思是「你宋江才是賊」。說話的人是閻婆惜，被說的對象是閻婆惜本人及宋江，所以構成一個「三角關係」。從「老娘不是賊」到「你宋江才是賊」，就是「對象轉移」的倒反修辭。

二、惜春冷笑道：「我雖年輕，這話卻不年輕。你們不看書、不識字，所以是獃子，倒說我糊塗！」尤氏道：「你是狀元、第一才子！我們糊塗人，不如你明白。」（紅樓夢 第七十五回）

「你是狀元、第一才子！我們糊塗人，不如你明白。」話雖出自尤氏的口，但並不代表尤氏的見解；尤氏不過是順著惜春的口吻而說的。所以這話實際只是惜春的見解，尤氏是不以爲然的。兩人見解相反，一人用另一人的立場說話，因此所說的，與實際意思倒反。這就是「立場轉移」的倒反修辭。

三、懿公即位，好鶴，淫樂奢侈。九年，翟伐衛，衛懿公欲發兵，兵或畔。大臣言曰：「君好鶴，鶴可令擊翟。」（史記 衛康

叔世家）

大臣基本上是反對懿公的；然而不但不作反對之語，更爲懿公的謬行追加理由。大臣所說的「鶴可令擊翟」，就是用來支持懿公的謬行。藉荒謬的理由來凸顯行爲的荒謬，這是「挖苦」的倒反修辭。

四、河曲智叟笑而止之曰：「甚矣，汝之不慧！以殘年餘力，曾不能毀山之一毛，其如土石何？」（列子　湯問）

揣摩原書作者的想法，我們可以斷言：「智叟」、「愚公」兩個名稱的設計，算是一個「倒反」——與作者實際觀點相反。但上述一段話是出自「智叟」之口；就「智叟」的想法而言，「愚公」確實是愚昧的。所以上面一段話並未表現「倒反」之修辭。

第七課　呼　告

本課要點：

- 人稱之關係
  - 對白的人稱
  - 旁白的人稱
- 人稱之跳換

壹、人稱之關係

文字作品之中，屬於「對話體」的，如書信、演說辭、小說之對白等都是。這種文體的特徵之一是：文中必有「第二人」，也就是收信的人，或聽講的人。相對地，寫信的人、講話的人就是「第一人」。此外的一切人、事、物都屬於「第三人」。因爲文字作品是作者寫的，所以作者可算是基本的「第一人」。舉個例說：

> 松下問童子，言師採藥去；只在此山中，雲深不知處。（賈島 尋隱者不遇）

文中「問童子」的人，是第一人。雖然「第一人稱」從略，讀者當然地認定：第一人就是「作者」本人。而「童子」、「師」，就都屬第三人。

再如：

> 打起黃鶯兒，莫教枝上啼。啼時驚妾夢，不得到遼西。（金昌緒 春怨）

文中第一人是「妾」，讀者也自然以爲「妾」即是作者。即使非作者本人，也是作者之化身。

歐陽修〈醉翁亭記〉這樣寫：

> 太守與客來飲於此，飲少輒醉，而年又最高，故自號曰醉翁也……醉能同其樂，醒能述以文者，太守也。太守謂誰？廬

陵歐陽修也。

作者是第一人，文中被敘述的太守——「歐陽修」，是第三人。但「歐陽修」不就是作者嗎？我們應該這樣說：「敘述者」是第一人，「被敘述者」就是第三人。二者姓名異同，沒有影響。

我（們）、你（們）、他（們），分別是第一人、第二人、第三人的「代名詞」。例如：

> 我與父親不相見已二年餘了，我最不能忘的是他的背影。（朱自清 背影）

這是一篇「憶往」。文中第一人稱「我」就是作者，第三人稱「他」就是作者的父親。因爲不是「書信體」，也不是「演說辭」，所以沒有第二人（沒有收信之人，或聽講之人）。但是實際不屬於「書信體」或「演說辭」，而被寫成「對話型態」的作品，也就會有「第二人稱」。例如：

> 作客山中的妙處，尤在你永不須躊躇你的服色與體態；你不妨搖曳著一頭的蓬草，不妨縱容你滿腮的苔蘚；你愛穿什麼就穿什麼……（徐志摩 翡冷翠山居閒話）

文中雖有第二人稱「你」，實際並無特定對象。姑且說這「你」是指讀者吧！但這究竟與「寫給讀者的一封信」不同。這種情形在詩歌作品裡也一樣：

> 勸君莫惜金縷衣，勸君惜取少年時。花開堪折直須折，莫待無花空折枝。（杜秋娘 金縷衣）

文中第二人「君」可以泛指讀者，實無特定對象。但是「贈答式」的詩作，以「詩體」代「書信」的作品，就會有特定的第二人。例如：

> 我居南海君北海，寄雁傳書謝不能。桃李春風一杯酒，江湖夜雨十年燈。（黃庭堅 寄黃幾復）

文中第一人稱「我」是作者，第二人稱「君」是「黃幾復」而不是讀者。

「第二人」是收信者、是聽講者；但收信的、聽講的並不限定是「人」。例如：

> 康橋，再會罷；
>
> 我心頭盛滿了別離的情緒。
>
> 你是我難得的知己……（徐志摩 康橋再會罷）

文中第二人是「康橋」。再如：

> 秋，聽說你已來到！算日子，你也該到了！我已感到你清涼的呼吸、溫慰的撫摩。汗珠兒收了，芭蕉扇藏了……（曾虛白 秋，聽說你已來到）

文中第二人是「秋」。這是作者可以自由決定的。

以上概述了「人稱」在文字作品中的運用情形。儘管作者可以自由安排第一人、第二人、第三人，但在一個文字段落之中，「人稱關係」必須是持續不變的。當甲對乙說話時，丙就是第三人，乙是第二人。在說話進行之際，甲就是「我」，乙就是「你」，丙就是「他」。此一關係不能任意改變，否則便會不知所云。這樣一個固定的人稱關係，就是作品的「敘事立場」，也稱「敘事觀點」。觀點的掌握，確保一次說話的有效性。這好比說，我們從一個觀點看到的是一個世界；從兩個觀點看到的就不是同一世界。所以兩個世界不能由同一觀點看到，兩個觀點也不能看到同一世界。所以在「一次說話」裡，就只能有一個敘事觀點。

所謂「一次說話」，它可能是一整篇作品，也可能是一篇作品中的一段文字。例如：

> 阿桐底左手盤在邕邕底脖上，一面走一面說：「今天他們要替你辦嫁妝，教你做我的妻子。你能做我的妻子麼？」邕邕狠視了阿桐一下，回頭用手推開他……（許地山 春的林野）

文中對話處，阿桐是第一人，邕邕是第二人；但在以外的地方，兩人都是第三人，作者才是第一人。我們可以說，「對白」是篇中人物在說話，此外的文字是作者的「旁白」。所以兩者雖在同一篇文中，卻分屬兩個不同的「敘事立場」。總之，只要在同一次說話之中，「人稱關係」維持不變，就合乎「敘事觀點」的規範了。

貳、人稱之跳換

在「敘事觀點」的規範下，一次說話之中的「人稱關係」，是必須首尾一貫的。然而本課所要講的「呼告修辭」，卻是指在同一次說話之中，「人稱關係」突然改變的現象。先看一個例子：

迨夫民國成立之後，則建設之責任當爲國民所共負矣；然七年以來，猶未睹建設事業之進行，而國事則日形糾紛，人民則日增痛苦。午夜思維，不勝痛心疾首！夫民國之建設事業，實不容一刻視爲緩圖者也。國民！國民！究成何心？不能乎？不行乎？不知乎？吾知其非不能也……（孫文 心理建設自序）

這是一篇「序文」，不是「演說辭」，不是「書信」，所以文中基本上沒有第二人，只有作者（第一人）及一干人、事、物（第三人）而已。但是上面所引的一段文字中，「國民」一詞先是第三人，如說「當爲國民所共負」；隨後，「國民！國民！究成何心？」這裡「國民」一詞轉爲第二人，而成爲作者呼喚、訴說的對象。就「敘事觀點」的常理說，這是違規的；但在修辭藝術上，它有時是被肯定的。陳望道《修辭學發凡》說：

話中撇了對話的聽者或讀者，突然直呼話中的人或物來說話的，名叫呼告辭。呼告也同比擬和示現一樣發生在情感急劇處……。

意思是：說話之人，話說到情急處，不自覺跳脫原始立場，進入另一立場，與場外人物直接對話。準確地說，就是將原本的「第三人」變爲「第二人」，而與之對話。這種「人稱關係」的突變，就是「呼告格」。其起因是說話者在情感急劇之下的一個表現。因爲是順應作品情感的實際需要而發展出來的一種表現，所以雖然不合「常態規範」，卻合乎「修辭藝術」的精神。而這種「情感的實際需要」同時就成爲「呼告修辭」的必要條件。

「呼告格」在小說對白中經常可見。例如：

> 寶玉掄著釣竿，等了半天，那釣絲兒動也不動。剛有一個魚兒在水邊吐沫，寶玉把竿子一幌，又嚇走了。急得寶玉道：「我最是個性兒急的人，他偏性兒慢，這可怎麼樣呢？好魚兒，好魚兒，快來吧！你也成全成全我……（紅樓夢 第八十一回）

上文的「呼告修辭」出現在寶玉的一段話白中。原本她是自言自語的，所以身兼第一、第二人。而「魚兒」本是第三人，如說「他偏性兒慢」。之後，「魚兒」轉爲第二人，成爲「聽講者」，如說「你也成全成全我」。這種立場的突變是暫時的，過後又恢復原始的人稱關係。而這突發現象，也將作品的「急劇情感」傳達給讀者了。上文表現的就是寶玉釣不到魚的急切心情。這一種心情就是「呼告修辭」的基礎。所以我們可以這樣說：「呼告格」是一種修辭技巧，它用來表現說話者的「急切情感」。

因爲呼告格是指「跳換人稱」的修辭技巧，所以凡在「單一人稱」之下完成的作品，就不合「呼告」原理。例如：

> 碩鼠碩鼠，無食我黍。三歲貫女，莫我肯顧。逝將去女，適彼樂土。樂土樂土，爰得我所。（詩經 魏風 碩鼠）

「碩鼠」在文中，自首至尾是「第二人稱」，不是由「第三人稱」跳換而來。所以雖是作者訴說的對象，但全篇是在「單一人稱」之下完成的，所以不得視爲「呼告修辭」。

《習作》

一、婆子們趕上寶玉說：「……這裡的路隱僻，又聽見人說，這裡打林姑娘死後，常聽見有哭聲，所以人都不敢走了。」寶玉、襲人聽說，都吃了一驚。寶玉道：「可不是？」說著便滴下淚來，說：「林妹妹！林妹妹！好好兒的，是我害了你。你別怨我，只是父母作主，並不是我負心。」（紅樓夢　第一百八回）

文中有兩個對白，一個是婆子們的，一個是寶玉的。婆子們的話是對寶玉說的，所以寶玉是第二人，林姑娘是第三人。寶玉的話分兩截：前一截接婆子們的口，說「可不是？」因此婆子們是第二人，林姑娘是第三人。但後一截說「林妹妹！林妹妹！好好兒的，是我害了你……」林姑娘轉爲第二人，變成寶玉的「說話對象」，形成一種急迫感。這樣的修辭技巧即爲「呼告格」。

二、燕子去了，有再來的時候；楊柳枯了，有再青的時候；桃花謝了，有再開的時候。但是，聰明的，你告訴我，我們的日子為什麼一去不復返呢？（朱自清　匆匆）

這是一篇抒情文，不是書信，也沒有對白。作者屬第一人，此外如「燕子」、「楊柳」、「春」等都是第三人。至於「聰明的，你」，這不妨說是對「讀者」而言。於是形成「作者」與「讀者」對話的型態。但因讀者本不在文中，當視同第三人；今經作者呼告，由第三人轉爲第二人，表出作者的焦慮、疑惑。所以這也是一個「呼告修辭」的表現。

三、我和你分手以後，的確有了長進了！大杯的喝酒，整匣的抽煙，這都是從前沒有的。喝了酒昏昏的睡，煙的香真好……（朱自清 別後）

這是一段記敘文，不是書信；但作者是仿「書信」的口氣寫的，所以全篇是以第二人「你」爲訴說的對象。這個「你」是誰，雖然不知道，但總不是讀者。所以這和上一題的情形是不同的。這個「你」並不是由「第三人」轉來的，所以本例不屬於「呼告」修辭格。

第八課　示　現

本課要點：

- 敘事之觀點
  - 概括的
  - 特定的
- 觀點之跳換
- 相關辭格
  - 呼告

壹、敘事之觀點

在一個說話的場合裡，有第一人稱、第二人稱、第三人稱，因而構成一組說話時的「人稱關係」。一組「人稱關係」就是一次說話的立場。必須在一個固定的立場上說話，所說的才能形成意義，被人理解。若用「距離」一觀念來說明，那麼，因爲第二人是我（第一人）說話的對象，所以在感覺上，距離近；而第三人因爲不是我說話的對象，所以距離遠。距離遠近的感覺，造就了說話的立場。這種遠近的感覺是屬於心理層面的，與實際的空間距離無關，可以稱爲「心理距離」。那麼前一課講的「呼告修辭」，說是「第三人稱突變而爲第二人稱」——這種說話立場的跳換，就可以用「心理距離的突變」來解釋：在一個說話的場合裡，本來距離遠的第三人，突然變爲距離近的第二人，而成爲第一人的說話對象，即是「呼告修辭格」。

本課講的「示現修辭」，其原理實際也是一種「心理距離的突變」。不過這種心理距離不是「人物的遠近」造成的，而是「事物輪廓的明暗」造成的。一般而言，實際經歷之事物的輪廓，在吾人心中的印象，較爲清晰、確定；而憑空想像之事物的輪廓，在吾人心中的印象，較爲模糊、籠統。模糊、籠統的印象，給人「距離遠」的感覺；清晰、確定的印象，給人「距離近」的感覺。這種遠近的感覺，便造就了敘事的觀點。

我們在敘述一件事物時，自然會有「此敘述」所屬的觀點。比如畫一個景物時，這個景物在畫布上自然會表現出畫家作畫時的觀點——就是指畫者看景物的角度、距離等——這就是這幅畫的繪畫立場。「敘事」與「繪畫」的道理相同。敘述一件事物而能沒有其「敘事觀點」，是無法想像的。既然如此，則「敘事觀點」不但是必然地有，而且在一次敘述過程中，這個觀點必須是始終一貫，然後其所敘述者才是可理解的。試想：用不同的兩個觀點去畫一個景物，該如何畫呢？即使能畫出，又該如何看呢？

清晰、確定的敘事觀點，屬於實際經歷的觀點，所以稱為「特定的敘事觀點」；模糊、籠統的敘事觀點，屬於揣摩、想像的觀點，所以稱為「概括的敘事觀點」。一次的敘述總會在一個觀點上進行；而且直到這個敘述完成之前，觀點都是同一個。這是敘事的常態規範。

貳、觀點之跳換

在「敘事觀點」的規範之下，一次敘事之中的觀點，是必須首尾一貫的。但是本課所講的「示現格」卻是異乎此一規範的修辭格。陳望道《修辭學發凡》這樣說：

> 示現是把實際上不見不聞的事物，說得如見如聞的辭格。所謂不見不聞，或者原本早已過去，或者還在未來，或者不過是說者想像裡的景象，而說者因為當時的意象極強，並不計較這等實際間隔……。

文中所謂「不計較這等實際間隔」，依我們的見解來說，就是不顧原本的敘事立場，而跳換成另一立場。文中所謂「實際上不見不聞的事物」，指的就是在「概括的敘事觀點」之下的印象——模糊的、籠統的。而所謂「說得如見如聞」，指的就是在「特定的敘事觀點」之下的印象——清晰的、確定的。至於這種異乎常規的敘事方式，其基礎就在「說者因爲當時的意象極強」。強烈的意象、強烈的感情，與「呼告修辭」之「發生在情感急劇處」（見第七課），道理是相同的。

從這裡我們可以看出「示現」與「呼告」兩種辭格的共通處：它們都是在說話者處於情感強烈之際，不由自已地跳換了原本的敘事立場——也就是將原本遠距離的人、事、物，突然拉近，因而表現出一份強烈的情感。這份強烈的情感即藉此方式傳到讀者心中，而成就一次修辭藝術。

現在應該舉幾個文例來看看。第一例：

> 他敢不放我過去，你寬心！遠的破開步將鐵棒颩，近的順著手把戒刀釤。有小的，提起來將脚步撞；有大的，扳下來把髑髏砍。瞅一瞅，骨都都翻了海波；滉一滉，廝琅琅振動山崖……（西廂記 寺警）

這是一段對「未來行動」的想像，所以其原本敘事觀點是「概括的」；但中間的描繪都像是眼前既已呈現的事實，乃屬於「特定的」敘事觀點。所以對原本的「概括觀點」而言，這是一個「觀點的跳換」。

第二例：

> 荊軻曰：「願得將軍之首以獻秦王，秦王必喜而善見臣；臣

左手把其袖，右手揕其胸！然則將軍之仇報，而燕國見陵之恥除矣。」（戰國策 燕策）

荊軻「預述未來」刺秦的計畫，其原本敘事觀點應該是「概括的」；但是中間的描繪「左手把其袖，右手揕其胸」，已由「未來的想象」跳進「眼前的實況」。所以其敘事觀點已經改變了。

第三例：

閒夢遠，南國正芳春：船上管絃江面綠，滿城飛絮輥輕塵，忙殺看花人。（李煜 望江南）

這是李後主身在北方，對南國芳春的「遙想」，所以其基本敘事觀點是「概括的」；但是中間的描繪「船上管絃江面綠，滿城飛絮輥輕塵，忙殺看花人」，寫的是一特定的景象，是身臨現場才能確認的；所以是屬於「特定觀點」之下的敘事。

以上三例，其敘事之原始立場都不屬於「實際經歷」的，所以其敘事觀點是「概括的」。而文中都曾由「概括的敘事觀點」跳換爲「特定的敘事觀點」，超越一般的敘事規範，以表現作者強烈的情感、意象。所以都屬於「示現」的修辭格。

因爲示現格是指「跳換敘事觀點」的修辭技巧，所以凡在「單一觀點」之下完成的作品，就不合「示現」原理。例如：

遙望中原，荒煙外許多城郭。想當年，花遮柳護，鳳樓龍閣。萬歲山前珠翠繞，蓬壺殿裡笙歌作。到而今，鐵騎滿郊畿，風塵惡。（岳飛 滿江紅）

當年之事，記憶猶新，寫來如在目前，所以是屬「特定的敘事觀點」之作。然而全文是在「單一觀點」之下完成，並不由「概括的敘事觀點」跳換而來，所以不算是「示現」修辭法。

由「第三人稱」跳換爲「第二人稱」的敘事法，是「呼告格」；由「概括觀點」跳換爲「特定觀點」的敘事法，是「示現格」。兩辭格原理雖相當，而用途各異，不可混同。試看一例：

> 暗想那織女分，牛郎命，雖不老，是長生。他阻隔銀河信杳冥，經年度歲成孤另。你試向天宮打聽，他決害了些相思病。（白樸 梧桐雨 第一折）

「你試向天宮打聽」，句中的「你」是指「讀者」。「讀者」一般是不在文中，算是第三人。如今在作者的呼叫之下，成爲第二人，進入文中。這是「人稱」的跳換，不是「敘事觀點」的跳換，所以是「呼告格」，不是「示現格」。

《習作》

一、子胥曰：「今王棄忠信之言，以順敵人之欲，臣必見越之破吳，豸鹿遊於姑胥之臺、荊榛蔓於宮闕。」（吳越春秋）

子胥憂心國之將亡，陳述了一己對未來的想像。這基本上是屬於「概括的敘事觀點」。但中間「豸鹿遊於姑胥之臺、荊榛蔓於宮闕」，寫的卻像是眼前實際見到的情景——具體而特定，所以是跳換了「敘事觀點」之作，屬於「示現」的修辭格。

二、今夜鄜州月，閨中只獨看；遙憐小兒女，未解憶長安。香霧雲鬟濕，清輝玉臂寒。何時倚虛幌，雙照淚痕乾。（杜甫 月夜）

杜甫想念遠在鄜州的妻子，所以基本上是立足於「概括的敘事觀點」。但中間「香霧雲鬟濕，清輝玉臂寒」，寫的是身在現場始能確定的情景——具體而清晰，所以是「特定觀點」之下的敘事，當屬「示現修辭」的技巧。

三、……源流之處，乃是一股瀑布飛泉。衆猴拍手稱揚道：「好水，好水！哪一個有本事的，鑽進去尋個源頭出來，不傷身體者，我等即拜他為王。」連呼了三聲，忽見叢雜中跑出一個石猴， 高叫道：「我進去，我進去！」好猴！你看他瞑目蹲身，將身一縱，便跳入瀑布泉中。（西遊記 第一回）

「你看他瞑目蹲身……」，句中的「你」是指「讀者」。「讀者」一般是不在文中，算是第三人。如今在作者的呼叫之下，成爲第二人，進入文中。這是「人稱」的跳換，不是「敘事觀點」的跳換，所以是「呼告格」，不是「示現格」。

第九課　映　襯

本課要點：　映襯格之原理

- 主客性
- 相對性

映襯格之類型

- 單襯
- 互襯
- 雙襯
- 反襯
- 直托
- 烘托
- 反托
- 拱托

「映襯」就是「藉著客體的襯托而映現主體」的一種修辭技巧。就此意涵而言，「映襯格」必然涉及兩個要素：一個是「主客性」，一個是「相對性」。「主客性」是指一個「映襯格」需具有主、客二體，方能成立。「相對性」是指該主、客體之間必具有「相對」的性質。「主體」是作品的主要表現對象；「客體」則是一種憑藉，用來輔助該對象的表出。至於「相對的性質」，那是指：在同一個「意義」的基礎之上，兩件事物之間的關係。事物之於事物，若不在同一個「意義」的基礎之上時，可以說是沒有「關係」可言。當它們被排列在同一個「意義」的基礎之上時，它們就呈現了一種積極的關連。這種關連就是它們之間的「相對關係」。例如當我們說「黑白不同」時，就是說「在顏色之意義上，兩者具有相對的關係」；當我們說「方圓不同」時，就是說「在形狀之意義上，兩者具有相對的關係」。

當具有「相對關係」的事物被相提並論時，「映襯」的功能自然形成。「映襯修辭」的運作方式含有兩個課題：一是「何者為主？何者為客？」二是「客體以何種方式襯托主體？」完全解答了這些問題，就等於提示了「映襯格」的全部類型。

首先我們就「主體之所在」，將「映襯格」分為「單襯」、「互襯」、「雙襯」、「反襯」四類，分別舉例說明之。

壹、單襯

「單襯」是指在一個「映襯修辭」之中，確定有單一事物為其「主體」，其餘則為「客體」。例如：

全家白骨成灰土　，一代紅妝照汗青。（吳偉業 圓圓曲）

這裡兩句話，寫了兩件事：一寫「家人遭殺害」，一寫「個人留青史」。兩者在「人生際遇」的基礎上，分出「幸」與「不幸」的對待關係。至於何者爲主體？何者爲客體？試觀原作：在數量上，以「全家白骨」襯「一代紅妝」；在事蹟上，以「成灰土」襯「照汗青」。上下文之旨趣顯然，與「一將功成萬骨枯」之理相同。所以本例上句是「客體」，下句是「主體」。主、客關係確定，是爲「單襯」。

貳、互襯

「互襯」是指在一個「映襯修辭」之中，兩件事物可以互爲「主體」與「客體」。例如：

> 去年元夜時，花市燈如晝；月上柳梢頭，人約黃昏後。
> 今年元夜時，月與燈依舊；不見去年人，淚濕春衫袖。（歐陽修 生查子）

這裡兩段文字，寫了兩件事：在時間上，一寫去年，一寫今年；在心情上，一寫歡欣，一寫傷感。所以兩事的「相對性」至爲明顯。至於「主、客」的分別，作品本身並無足夠的資料可資認定。若從讀者「注意力之移動」上說，當注意力投在「前一事」時，「後一事」自然退居「客體」之位，而以「前一事」爲「主體」；當注意力投在「後一事」時，「前一事」自然退居「客體」之位，而以

「後一事」爲「主體」。之所以能依「讀者之注意力」而定主、客者，乃因事實上作品本身並未有積極限定的緣故。像這樣，兩件事物「互爲主客」的映襯關係，即爲「互襯」。

參、雙襯

「互襯」是指兩件事物「互爲主客」的映襯關係；而「互爲主客的映襯關係」有時不發生在兩件事物之間，而發生在「一件事物的兩個觀點」之間，於是又有「雙襯」一型。例如：

> 自其變者而觀之，則天地曾不能以一瞬；自其不變者而觀之，則物與我皆無盡也。（蘇軾　赤壁賦）

這裡前後共有兩個敘述。但這兩個敘述並非「兩件事物」的敘述，而是一件事物作「兩個觀點」的敘述。作品明言：「自其變者而觀之……自其不變者而觀之……」這就是「兩個觀點」的敘述（上句言「天地」，下句言「物與我」，在這裡只是字面的抽換，旨意實同）。同一事物，在不同的觀點之下，呈現兩種相貌，形成相對的關係。這樣的映襯，不是「兩件事物」的映襯，而是「兩個觀點」的映襯，特名爲「雙襯」。在「主、客」的問題上，「雙襯」與「互襯」同屬「互爲主客」的類型，因而與「單襯」（主、客關係確定的）不同。

肆、反襯

不論是「兩件事物」的映襯，或是「兩個觀點」的映襯，原則上總是藉著「兩個敘述」來展現的；但在實際作品裡，有一種修辭法是將「雙襯」的「兩個敘述」合併成「一個敘述」的，因而呈現矛盾怪異的形象，於是又有「反襯」之一型。例如：

> 蕭金鉉道：「今日對名花、聚良朋，不可無詩；我們分韻何如？」杜愼卿道：「先生，這是而今詩社裡的故套；小弟看來，覺得雅的這樣俗，還是清談爲妙。」（儒林外史 第二十九回）

文中寫的只是「分韻作詩」一件事。這件事，若從「事件本身」看，實是一件雅事；若從「當代風尚」看，卻是一件俗事。從這兩個觀點分別敘述，可以寫成一個「雙襯」的例子。但原文不作分別敘述，而合併寫成「雅的這樣俗」如此一個矛盾怪異的語句來。我們特稱此爲「反襯」（或稱「反映」）。至於此中的「主、客」問題，從作品的旨趣上可以看出：「俗」是主，「雅」是客。這應屬「單一主體」的類型，而非「互爲主客」的類型。

再看一例：

> 葉公語孔子：「吾黨有直躬者，其父攘羊而子證之。」孔子曰：「吾黨之直者異於是。父爲子隱，子爲父隱，直在其中矣。」（論語 子路篇）

隱，曲也。「隱曲」與「正直」之義相反。就「攘羊互隱」一事件而論，若從「法律」觀點看，那是理曲的；若從「倫理」觀點看，那是理直的。兩個觀點若分別敘述，即可造就一個「雙襯」。但原文故意抹去分別，合併成「一個敘述」，而說「直在其中」——也就是「曲中有直」之義。「直」是主，「隱」是客。這樣一個矛盾的命題，就是「反襯」。從修辭學上說，它是由「雙襯」變造而來的。這種修辭技巧，經常被用在哲理的思辨上。

以上從「單襯」、「互襯」說到「雙襯」、「反襯」，是就「何者爲主，何者爲客」的課題而開列的。至於「客體以何種方式襯托主體」的問題，下文即以「單襯」之類型爲準，開列出四種襯托的方式：「直托」、「烘托」、「反托」、「拱托」。分別舉例說明之。

壹、直托

「直」有「直接」的意思。兩件事物相對而立，一爲主體，一爲客體，「襯托的方式」直接而明白。例如：

舉世皆濁我獨清，眾人皆醉我獨醒。（屈原 漁父）

這裡兩個句子，每句都是一個「直托」之例：「舉世皆濁」是客體，「我獨清」是主體；「眾人皆醉」是客體，「我獨醒」是主體。「我」是單一無二的，當然是主體；「舉世」、「眾人」是「我」的周遭、背景，當然是客體。主客分明，直接襯托，是爲「直托」。

貳、烘托

「烘托」是一種「間接的」襯托法，它雖將筆墨集中在對「客體」的描述，但藉著主、客之間的一種「因果關係」而托出「主體」來。例如：

> 秦氏有好女，自名爲羅敷。羅敷善蠶桑，採桑城南隅……行者見羅敷，下擔捋髭鬚；少年見羅敷，脱帽著帩頭；耕者忘其犁，鋤者忘其鋤；來歸相怨怒，但坐觀羅敷。（陌上桑）

文中主體是「羅敷」，客體是「路人」。但作者筆墨顯然集中在對「路人」的描述。因爲「路人」的種種狀態都是導因於「羅敷」的美麗，因此描寫「路人」即所以描寫「羅敷」。藉著對「客體」的描述，以托現「主體」，是謂「烘托」。

參、反托

「反托」是另一種「間接的」襯托法，作者也將筆墨集中在對「客體」的描述。但「客體」與「主體」之間有著「相反」的關係，所以當作品將這「客體」否定之時，「主體」便呈現出來。例如：

> 人生一死談何易，看得分明是丈夫。猶記息姬歸楚日，下樓還要侍兒扶。（杜牧 詠綠珠）

題目是「詠綠珠」，自當以「綠珠」爲主體，而「息姬」爲客體。兩人都是古代美女，但「處世風格」不同。全篇只寫「息姬」，不寫「綠珠」。但末句「下樓還要侍兒扶」，批判了「息姬」，同時即表揚了「綠珠」，因爲綠珠是投樓而亡的。這技巧是從「否定客體」來托出「主體」的，稱爲「反托」。

再看一例：

> 方其破荊州，下江陵，順流而東也，舳艫千里、旌旗蔽空；釃酒臨江，橫槊賦詩，固一世之雄也！而今安在哉？（蘇軾 赤壁賦）

此文筆墨集中在對「軍容壯盛」的描述。但這一部分是作品的「客體」，不是「主體」。「主體」沒有直接說出；只在最後一句「而今安在」——對上述「客體」加以否定之後，作品的「主體」（主旨）才呈現。這種間接的襯托法，就是「反托」。

肆、拱托

「拱托」其實是「譬喻格」的一種特殊型態。因爲將「喻體」視爲「主體」，將「喻依」視爲「客體」，自然就顯出一種「映襯」的關係來。但必須是「喻依」在前，「喻體」隨後，才能稱爲「拱托」。例如：

> 狡兔死，走狗烹；高鳥盡，良弓藏；敵國破，謀臣亡。（史記 淮陰侯列傳）

句尾「敵國破，謀臣亡」是「主體」，也是「喻體」；句首「狡兔死，走狗烹；高鳥盡，良弓藏」是「客體」，也是「喻依」。「喻依」前置，「喻體」隨後，前後成一種「映襯」的姿態，是爲「拱托」。這種修辭形式多數是用來「陳述道理」的。在說道理之前，先打個譬喻罷了。像「玉不琢，不成器；人不學，不知道」之類的格言，都屬這種修辭技巧。

陳望道《修辭學發凡》將「映襯格」分作「對襯」與「反映」二法。「對襯」是指「相對的兩件事物」之映襯法。因為「兩件事物」之間可有「單一主體」、「互為主客」二式，所以本課又分之為「單襯」、「互襯」二目。《修辭學發凡》將「一件事物兩個觀點」的映襯法，稱為「反映」。因為「兩個觀點」可有「分別敘述」、「合併敘述」二式，所以本課又分之為「雙襯」、「反襯」二目。至於襯托的技巧，本課另分有「直托」、「烘托」、「反托」、「拱托」四種，這是《修辭學發凡》所未及言者。

總結而言，本課所說的系統，計有四個「襯」、四個「托」。在「主、客的認定」上，屬於「一主一客」的有「單襯」、「反襯」兩型；屬於「互為主客」的有「互襯」、「雙襯」兩型，合計為四型。在「主、客的運作」上，屬於「直接技巧」的有「直托」一型；屬於「間接技巧」的有「烘托」、「反托」、「拱托」三型，合計亦為四型。四四相乘得十六，那就是說：「映襯格」在理論上可有十六個類型。不過因為寫作的技巧，難易不齊，所以在實際上，文例的搜尋也不易完備。大體而言，與「單襯」搭配的各「托」，以及與「直托」搭配的各「襯」，是比較容易取得實例的。

《習作》

一、西宮南內多秋草，落葉滿階紅不掃；梨園子弟白髮新，椒房阿監青娥老。（白居易 長恨歌）

玄宗幸蜀歸來，退隱後宮。頹老孤寂的「心境」就是上述這段文字的「主體」。但原文沒有一句直接說到「主體」；所寫的只是「主體」周邊的景物、人物。景物的荒廢、人物的老去，似與主人翁的「心境」有一關連。這是「烘托」的辭法。

二、湖上諸峰當以飛來為第一。高不逾數十丈，而蒼翠玉立：渴虎、奔猊不足為其怒也；神呼、鬼立不足為其怪也；秋水、暮煙不足為其色也；顛書、吳畫不足為其變幻詰曲也。（袁宏道 西湖雜記）

此文寫「飛來峰」。所寫「渴虎」、「奔猊」、「神呼」、「鬼立」、「秋水」、「暮煙」、「顛書」、「吳畫」諸語都是「客體」。文中說「不足爲」，乃是對這些「客體」的否定。在這「否定」之後，「主體」才凸顯。藉「否定客體」來表現「主體」，這是「反托」的辭法。

三、不登高山，不知天之高也；不臨深谿，不知地之厚也；不聞先王之遺言，不知學問之大也。（荀子 勸學）

「不聞先王之遺言，不知學問之大也」是「主體」，也是「喻體」；「不登高山，不知天之高也；不臨深谿，不知地之厚也」是「客體」，也是「喻依」。「喻依」前置以引導「喻體」的出現，主、客之間便形成「映襯」之勢。這是「拱托」的辭法。

四、少年聽雨歌樓上，紅燭昏羅帳；壯年聽雨客舟中，江闊雲低、斷雁叫西風。而今聽雨僧廬下，鬢已星星也；悲歡離合總無情，一任階前點滴到天明。（蔣捷 聽雨）

此寫三種「聽雨」的情境，象徵人生三個階段的況味。字裡行間看不出何者爲主，何者爲客。總之是三者互異、互映。讀者可以任選其一爲「主體」，同時其餘便成「客體」。如此「互爲主客」的映襯法，就是「互襯」之法。

五、上德不德，是以有德。（老子 三十八章）

「道德」的定義不一。同一個行爲，自彼觀點說，是「道德的」；自此觀點說，是「不道德的」。若分別敘述，將可寫成一個「雙襯」的辭法。現在不就「兩個觀點」分別敘述，而合併敘述作「上德不德」，或作「不德是以有德」，形成一個外觀矛盾的命題。「上德」、「有德」是主，「不德」是客。屬於「單一主體」的類型。這就是「反襯」辭法。

第十課　摹狀

本課要點：

- 摹狀格之定義
- 摹狀格之對象
- 摹狀格之方法
  - 副詞法
  - 譬喻法
  - 烘托法
  - 直敘法

人對世界的認知，是透過眼、耳、鼻、舌、身、意六種官能；所以人類語文所能傳達的，也不外乎這六種訊息。

任一事、物，對人的官能而言，它表現著種種「相」，以及各「相」的種種「樣態」。以「花」爲例，說「花兒紅」，這是指「物之相」；說「花兒落」，這是指「事之相」。至於說「花兒如何紅」、「花兒如何落」，則是指「事相」、「物相」的「樣態」。

在具體的世界裡，事物除了種種「相」之外，還有種種「樣態」。換言之，同樣的「相」之中，還有不同的「樣態」。所以，表述一個物、一件事，需從「相」說到「樣態」，才算具體。若只表述事物的「相」，而不及於其「樣態」，便屬抽象。文學體裁中的「描寫體」與「敘述體」，其分野就在此。原則上，「描寫體」是偏於「具體表述」的技巧；「敘述體」是偏於「抽象表述」的技巧。

在修辭學上，「摹狀格」就是指「描寫」的修辭技巧。因此「摹狀格」以「具體的表述」爲訴求；其表述的對象就是「事相、物相的樣態」。從文法觀點說，「事、物」是名詞，「物之相」是形容詞，「事之相」是動詞，而「事相、物相的樣態」則屬副詞。因此「摹狀格」的活動，可以說就是「副詞」的活動。當然，這是從文法觀點說的；實際「摹狀格」的方法不只一種。下面分類介紹之。

壹、副詞法

應用「副詞」來表述「事物之相的樣態」，在手續上是簡單而直接的。例如：

眼看一地黃白錯落：細白嬌嫩的是野桐，黃點微圓的是相思樹。野桐不相思，格外有種斷然的清絕。（凌拂 痕跡）

「清絕」說「野桐」的相，原是一個形容詞；而「斷然」則是說「清絕」的樣態，所以是個副詞。

「副詞」之所在，有時不能全憑文法形式指認。例如：

山行六七里，漸聞水聲潺潺，而瀉出於兩峰之間者，釀泉也。（歐陽修 醉翁亭記）

蒼顏白髮，頹乎其中者，太守醉也。（同上）

前例「瀉」字是動詞。但分析詞義，「瀉」乃是「急流」之義——「流」是動詞，「急」則表述了「流」之樣態，所以是副詞。由此說來，文中「瀉」字已實現了「摹狀格」的目的。

後例「頹」字本非動詞，在上文中已轉品爲動詞。但因仍保有該字之原義，所以在此應解爲「頹倚」、「頹坐」之義。此中有動詞（倚、坐）、有副詞（頹）。「頹」字既已表出了「倚坐」的樣態，所以本例也是一個「摹狀格」。

再看一例：

到他們寄居的地方，已經過了八彎十九拐的路了。（洪祖瓊

石頭·相機）

就文法形式而言，「八彎十九拐」在上文中是個形容詞——形容「路」。但分析其詞義，它其實是在表述「路之曲折」的樣態。因此可視同一個「副詞」，而將全文作「摹狀格」看待。

貳、譬喻法

表述「樣態」，用「副詞法」是比較直接而簡單的手續。用「譬喻法」也能達成目的，然而這是一種間接的技巧。例如：

每當她大笑，清脆的笑聲似乎牽動一長串風鈴，許多人回頭看她，那裡面也有我。（周芬伶 眼眸）

「清脆」，是「笑聲」的相。至於「清脆」的樣態，則是「似乎牽動一長串風鈴」——用「譬喻法」來表述。

有時外觀不像「譬喻」，實際仍屬「譬喻」之法的，例如：

紅的火紅，白的雪白，青的靛青，綠的碧綠。（老殘遊記 第二回）

文中「火紅」一詞，實際是「紅如火」一句的變型。以「火」爲喻，來表述「紅」的樣態。所以是屬「摹狀格」。下面「雪白」、「靛青」、「碧綠」，各詞之道理相同。

再如：

剪不斷，理還亂，是離愁。別是一般滋味在心頭。（李煜 相

見歡）

此例表面看不到「譬喻」的形式，實際它就是將「離愁」比作「亂絲」，所以才說「剪不斷，理還亂」——以「亂絲」爲喻，表述「心情雜亂」之樣態。

有時例子雖具「譬喻」的形式，但初看不屬「摹狀格」，經解析之後，實際仍是「摹狀格」的，例如：

桃花……那顏色是長虹之照水，是驚鴻之乍掠；那顏色是我貯存心頭半生一點秘密。（張曉風 花朝手記）

「那顏色是長虹之照水，是驚鴻之乍掠」，在譬喻格中，此屬「隱喻」——「是」是喻詞，「顏色」是喻體，而「長虹之照水，驚鴻之乍掠」是喻依。但實際的意義，「長虹之照水，驚鴻之乍掠」，比喻的不是「顏色」，而是「顏色之美」。「美」是「顏色」的相；其樣態，以「長虹之照水，驚鴻之乍掠」爲喻。所以這仍是以「譬喻」之法達成「摹狀格」之訴求的例子。

參、烘托法

事物之「樣態」，與它對周遭事物的影響力，成正比。因此，表述其影響之所及，即所以表述其樣態。這也是一種間接的「摹狀」技巧，稱爲「烘托法」。例如：

至於夏水襄陵，沿泝阻絕。或王命急宣，有時朝發白帝，暮到江陵，其間千二百里，雖乘奔御風，不以疾也。（酈道元

水經注）

從「白帝」到「江陵」，千二百里，朝發暮至。「船行快」，是「水流急」的緣故。藉「船行快」以表述「水流急」的樣態，就是「烘托法」。

再如：

> 那雙眼睛……左右一顧一看，連那坐在遠遠牆角子的，都覺得王小玉看見我了；那坐得近的更不必說。（老殘遊記 第二回）

此寫「目光犀利之樣態」，用「觀眾的感受」來映現。因為兩者有因果關係，見「果」可以知「因」，所以這是「烘托法」。

肆、直敘法

「直敘法」基本上是「敘述文體」的筆法。但如果用它直接敘述「事物之樣態」，也能達成「摹狀格」的的訴求。例如：

> 孝公用商鞅之法，移風易俗，民以殷盛，國以富強；百姓樂用，諸侯親服；獲楚魏之師，舉地千里，至今治強。（李斯諫逐客書）

此段文字敘述「政治成功」的樣態。此「樣態」即其表述的直接目標，所以合乎「摹狀格」的訴求。

再如：

妃嬪媵嬙，王子皇孫，辭樓下殿，輦來於秦；朝歌夜絃，爲秦宮人。（杜牧 阿房宮賦）

此段文字直接敘述一個「場面壯觀」的樣態。此「樣態」即其表述的目標，因此已達「摹狀格」之訴求。

文前說到：「人對世界的認知，是透過眼、耳、鼻、舌、身、意六種官能；所以人類語文所能傳達的，也不外乎這六種訊息。」就此而論，「摹狀格」的材料當可分做六類。但本課重點在「摹狀技巧」的分類，不在「摹狀材料」的分類；而且後者是屬於比較容易的工作，所以讀者應可自行處理，此不贅述。

《習作》

一、日與其徒上高山，入森林，窮迴溪。幽泉怪石，無遠不到。（柳宗元 始得西山宴遊記）

「窮」字在文中已轉品爲動詞，取「探尋」之義；但仍保有該字「窮盡」之義。「窮盡」是副詞，表述「探尋」之樣態。所以這是一個「摹狀格」。

二、父母聞之……郊迎三十里。妻側目而視，側耳而聽；嫂蛇行匍伏，四拜自跪而謝。（戰國策 秦策）

文中「蛇行」一詞，實際是「行如蛇」一句之變型。以「蛇」爲喻，將「匍伏曲行」之樣態表出。所以這是「摹狀格」中的「譬喻」之法。

三、她摸索著腕上的翠玉鐲子，徐徐將那個鐲子順著骨瘦如柴的手臂往上推，一直推到腋下。（張愛玲 金鎖記）

此中有兩個「摹狀」技巧。其一是「骨瘦如柴」，用「譬喻法」——將「瘦」的樣態，以「柴」爲喻，表述出來；其二是「將那個鐲子往上推，一直推到腋下」，用「烘托法」。因爲「瘦」，所以能「將那個鐲子推到腋下」——藉此將「瘦」的樣態映現出來。

四、人窮則頸易縮，肩易聳，頭易垂；鬚髮許是特別長得快，擦著牆邊逡巡而過，不是賊也像是賊。（梁實秋 窮）

此文直敘人物「卑陋猥瑣」的樣態。此「樣態」即其表述的目標，因此已達「摹狀格」之訴求。

第十一課　誇飾

本課要點：

誇飾格之範疇
誇飾格之方向
誇飾格之工具
誇飾格之方法

- 譬喻法
- 烘托法
- 比較法
- 對比法
- 極言法
- 綜合運用

「花」是一個物，「花兒紅」是在說「物的性質」；「花落」是一件事，「花兒輕落」是在說「事的性質」。而「花兒多紅」、「花落多輕」，這是在說「事、物之性質的程度」。修辭學中的「誇飾格」，其活動的範疇，嚴格說來，不在事物的「性質」，而在其「性質的程度」。將紅色說成白色，或將白色說成紅色，那是訛誤，不是誇飾；將深色說成淺色，或將淺色說成深色，那才可能是誇飾。

「程度」是有方向性的。若以「漸增」的方向爲「正向」，則「漸減」的方向爲「反向」。當一個「程度的陳述」越過客觀的事實時，我們稱之爲「誇飾」。又因爲「程度」有其方向性，所以「誇飾」便有「正向誇飾」與「反向誇飾」之分。

「誇飾」的認定是從「客觀事實」著眼的。若從「主觀感受」著眼時，因爲「所言」與「所感」相應，恰如其分，便無所謂「誇飾」了。

因爲「主觀感受」也是一種事實，所以「誇飾」與「說謊」不同。說謊之時，所言固可能與「客觀事實」不符；但更重要的是：所言與「主觀感受」不符。與「客觀事實」不符，未必即是說謊；與「主觀感受」不符，才合「說謊」之要義。

「誇飾格」是指作者在情不能已之際，不自覺地越過了「客觀事實」而做的表現。這種表現的實際意義在「反應作者的感受」，而不在「進行事實的陳述」。因爲是自然的流露，所以是眞情的表述，乃能引起讀者的共鳴。下面舉兩個文例看看：

兢兢業業，如霆如雷。周餘黎民，靡有孑遺。（詩 大雅 雲

漢）

噲遂入，披帷，西嚮立，瞋目視項王，頭髮上指，目眥盡裂。（史記 項羽本紀）

前一例寫：災難過後，周之百姓無一殘存。論客觀事實，周之百姓亡失雖多，但不至於一無所剩。「靡有孑遺」是說無一存留。詩人並非不知客觀事實，但其旨不在陳述客觀事實，而在表述主觀之感受而已。所以「靡有孑遺」一句所傳遞的訊息是說：所剩極少，已近乎「不剩」的程度了。

後一例寫：樊噲盛怒，以至於頭髮上指、目眥盡裂。論客觀事實，人雖盛怒，不至於頭髮上指、目眥盡裂。作者非不知客觀事實，惟其旨不在陳述客觀事實，而在表述主觀之感受而已。所以「頭髮上指、目眥盡裂」一語所傳遞的訊息是說：憤怒之極，已近乎「頭髮上指、目眥盡裂」的程度了。論「誇飾」的方向，前一例是「反向誇飾」，誇言其小；後一例是「正向誇飾」，誇言其大。都是越過「客觀事實」的描述。

因爲「誇飾格」的活動屬於「程度」的範疇，所以「數字」的取用是最頻繁的；但不使用「數字」的方法仍然不少。舉兩個文例看看：

古人賤尺璧而重寸陰，懼乎時之過已。（曹丕 典論論文）

鵬之背，不知其幾千里也。怒而飛，其翼若垂天之雲。（莊子 逍遙遊）

前一例寫財物之貴重，說「尺璧」；寫時間之短暫，說「寸陰」。一尺、一寸，都是「數字」的使用。後一例寫「鵬背」之大，說「幾千里」，這也是「數字」的使用。但下文寫「鵬翼」之大，說「若垂天之雲」，就不是使用「數字」的方法了。

以上所論「誇飾格」的技巧，從「範疇」（事物之性質的程度）到「方向」（正向、反向誇飾），再到「工具」（數字、文字的使用），共三個課題。還有一個課題是「方法」。關於「誇飾的方法」，下面介紹五種。這五種方法，有單獨使用的，也有合併使用的。其分合之技術與實況，一一說明於下。

壹、譬喻法

對於「事物之性質的程度」，不作直接陳述，而利用相仿的事物代爲表出，就是「譬喻」之法。例如：

> 學者如牛毛，成者如麟角，孔子曰：「才難！」不其然也？（北史 文苑傳）

> 我爲百姓父母，豈可限一衣帶水不拯之乎？（南史 陳後主紀）

前一例說「學者之多」，以「牛毛」爲喻；說「成者之少」，以「麟角」爲喻。後一例說「水流之小」，以「衣帶」爲喻。凡此，對多、少、大、小等程度，不作直接陳述，而取用相仿的事物代爲表出，就是「譬喻」之法。

貳、烘托法

有如何的「因」，便生如何的「果」；是如何的「果」，便來自如何的「因」。「因」與「果」之間有相應的關係。所以見「因」可以知「果」，見「果」可以知「因」。利用此一原理，作者將誇飾的筆墨落在「果」上，讀者見「果」知「因」，於是作品對「因」的誇飾，便得以呈現。此法稱爲「烘托法」——由「結果」來托出「原因」的方法。這也是一種間接誇飾法；它對「事物之性質的程度」，並未作直接的陳述。例如：

> 北方有佳人，絕世而獨立。一顧傾人城，再顧傾人國。（漢書 李夫人傳）

> 這憂愁訴與誰？相思只自知，老天不管人憔悴。淚添九曲黃河溢，恨壓三峰華岳低。（西廂記）

前一例寫「佳人之美麗」，說「一顧傾人城，再顧傾人國」。這兩句所寫的，實際是「美麗」的「結果」。讀者由「傾城、傾國」，可以想見其「美麗之程度」。見「果」知「因」，所以是「烘托法」。後一例寫「淚水之多、愁恨之重」，說「淚添九曲黃河溢，恨壓三峰華岳低」。這兩句所寫的，實際是「淚多、愁重」的「結果」。讀者由「黃河溢、華岳低」，可以想見其「淚多、愁重」之程度。見「果」知「因」，所以也是「烘托法」。

參、比較法

比大的更大，足見其大；比小的更小，足見其小。這就是「比較」之法。它對於「事物之性質的程度」，也不作作直接的陳述；乃是經由「比較」之後來呈現的，所以仍屬間接的表現方式。例如：

> 負棟之柱，多於南畝之農夫；架樑之椽，多於機上之工女。（杜牧 阿房宮賦）

> 海枯石爛，此恨難消；地老天荒，此情不泯。（剪燈新話 綠衣人傳）

前一例寫「建築規模之大」，說「負棟之柱，多於南畝之農夫；架樑之椽，多於機上之工女」。天下之農夫、工女，本已極多；而「阿房」之柱、椽，比之更多。由此足見「阿房」建築規模之大。後一例寫「情恨之難消」，說「海枯石爛，此恨難消；地老天荒，此情不泯」。海之枯、石之爛，本已極難；而此情此恨之消泯，比之更難。由此足見主人翁情恨之深長。

肆、對比法

大的很大，小的很小。兩相對立，即呈現極大的差距。以此差距來誇飾一個旨意，就是「對比」之法。例如：

> 世溷濁而不清：蟬翼爲重，千鈞爲輕；黃鐘毀棄，瓦釜雷

鳴。（楚辭 卜居）

千丈之堤，以螻蟻之穴潰；百尺之室，以突隙之熛焚。（韓非子 喻老）

前一例寫「溷濁不清」的程度，說「蟬翼爲重，千鈞爲輕」。「蟬翼」很輕，「千鈞」很重。很重的，說輕；很輕的，說重。由此足見其「溷濁不清」的程度。後一例寫「水火可怕」的程度，說「千丈之堤，以螻蟻之穴潰」。「螻蟻之穴」極小，而「千丈之堤」極大。極小的疏漏尚且可以導致極大的災難；那麼天下還有可以苟且倖免的事嗎？經過「對比」之後，作品之旨意得到誇飾；所以「對比法」仍是屬於間接的表述方法。

伍、極言法

「誇飾格」，有人稱爲「鋪張格」，也有人稱爲「極言格」。本課所說的「極言法」是取較狹窄的意義，就是指：使用極端的文字，直接表述「事物之性質的程度」。所以，「極言」在此是一種直接的誇飾法，不同於上述各種間接的誇飾法。例如：

汝父爲吏，廉而好施……故其亡也，無一瓦之覆、一壟之植，以庇而爲生。（歐陽修 瀧岡阡表）

宋武帝嘗吟謝莊〈月賦〉，稱嘆良久，謂顏延年曰：「希逸（謝莊）此作，可謂前不見古人，後不見來者。」（孟棨 本事詩 嘲戲）

前一例寫「家產之少」，說「無一瓦之覆、一壟之植」。一瓦、一壟都是極小的數量，直接表述了「家產之少」的程度。後一例寫「作品之罕見」，說「前不見古人，後不見來者」。「空前」、「絕後」都是極端的言詞，直接表述了「作品之罕見」的程度。

陸、綜合運用

「極言」是一種「直接的誇飾法」。它不但可以單獨運作，實際也經常支援前述各種「間接的誇飾法」而運作。例如：

楊子取爲我，拔一毛而利天下，不爲也。（孟子 盡心上）

楊子，因爲自私，所以一毛不拔。由「一毛不拔」，可以見其「自私」之程度，所以這是「烘托」誇飾法。而「一毛」是損失之極小者，所以這個「烘托法」是配合了「極言」而運作的。

再如：

使我治天下十年，當使黃金與土同價。（南齊書 高帝本紀下）

論黃金之價格，拿土相比，可見其低廉。所以這是個「比較」誇飾法。而「土」是物價之極低者，所以這個「比較法」是配合「極言」而運作的。

再如：

朝辭白帝彩雲間，千里江陵一日還。（李白 朝發白帝城）

千里之遙，在一日之間往返，可見船行之快。這是個「對比」誇飾法。而「千里」是距離之極大者，「一日」是時間之極短者，所以這個「對比法」也是配合「極言」而運作的。

除「極言」而外，其他各法合併使用之機會也很多。例如：

> 憶女兒曩生之昔，其爲質則金玉不足喻其貴，其爲性則冰雪不足喻其潔，其爲神則星日不足喻其精，其爲貌則花月不足喻其色。（紅樓夢 第七十八回）

寫女兒質性、神貌之卓絕，除以金玉、冰雪、星日、花月爲喻之外，更進一步認爲：諸喻皆不足與女兒之卓絕相比。所以這個誇飾技巧是兼用「譬喻法」與「比較法」的。

再如：

> 吾力足以舉百鈞，而不足以舉一羽；明足以察秋毫之末，而不見輿薪。（孟子 梁惠王上）

「百鈞」與「一羽」，輕重對比；「秋毫」與「輿薪」，大小對比。此文用來比喻世人「不爲也，非不能也」之心態，是兼用「譬喻法」與「對比法」的。

再如：

> 天生麗質難自棄，一朝選在君王側。回眸一笑百媚生，六宮粉黛無顏色。（白居易 長恨歌）

因爲「回眸一笑百媚生」，所以「六宮粉黛無顏色」。由「六宮粉黛無顏色」見「貴妃美豔奪人」之程度。這是「烘托」之法。而「一笑」與「百媚」復爲「對比法」，寫其風情之多。所以這個誇飾技巧是兼用「烘托法」與「對比法」的。兼用辭格，以致作品層次多，所以文彩豐富。這是修辭藝術的勝境。

本課之重心在於「誇飾之方法」的討論。至於「誇飾之對象」，如「數量」、「性狀」、「時間」、「空間」……等，實際只是「材料」的分類。就修辭之技巧而言，「方法」才是首要的課題；「材料」乃是其次的課題。

《習作》

一、芥千金而不盼，屣萬乘其如脫。（孔稚珪 北山移文）

視千金爲草芥，棄萬乘之富貴如脫敝屣。「芥」與「屣」皆極賤，「千金」與「萬乘」皆極貴；兩兩相對，以表現主人翁之清高。這是「對比」之法。而「芥千金」與「屣萬乘」，此等「外顯行爲」乃源自主人翁之「內在修養」。藉「外顯行爲」之特出，見「內在修養」之高度，這是「烘托」之法。所以此文的誇飾技巧是兼用「烘托法」與「對比法」的。

二、是猶以管窺天，以蠡測海，其被囿也亦巨矣，（連橫 臺灣通史序）

寫「被囿之巨」猶如「以管窺天」、「以蠡測海」。這是譬喻法。而「管」、「蠡」極小，「天」、「海」極大；兩兩相對，表現「被囿」之程度。這是「對比」之法。所以此文的誇飾技巧是兼用「譬喻法」與「對比法」的。

三、愁腸已斷無由醉，酒未到，先成淚。（范仲淹 御街行）

范仲淹〈蘇幕遮〉有「酒入愁腸，化作相思淚」之語。酒才入，淚便出，見「速度」之快。而〈御街行〉更作「酒未到，先成淚」，其對「速度」之誇飾尤甚於前。誇飾之極，已超越常理，故陳望道《修辭學發凡》稱之爲「超前誇飾」。在本課裡，宜歸屬「極言」之誇飾法——極言其「速度」之快。而作者寫此，意在表述其「悲傷」之程度——因爲悲傷至極，所以「淚下」如此之快。因此這又是一個「烘托」的誇飾法。

第十二課　借　代

本課要點：

- 借代之關係
  - 內包關係
  - 外延關係
- 借代之雙方
  - 主幹事物
  - 隨伴事物
- 借代之規範
- 借代之類型
  - 旁借
  - 對代
- 相關辭格
  - 借喻
  - 節縮
  - 藏詞

「借代」是「事物名稱」的一種替代方式，但與文法學中所說的「代名詞」是有區別的。「代名詞」，有「人稱代名詞」如「我」、「你」、「他」等；有「指示代名詞」如「這」、「那」等。這些「代名詞」有一定的數量，而且有通用的性質。所以在不同的時間、地點，它們可以用來代稱不同的事物。「借代」是一種辭格的名目，它沒有一定的數量，而且沒有通用的性質。所以一種稱呼只能代表一種事物，其他事物不能共用。例如「杜康」原是造酒之人的名字。被用作「酒」的代稱之後，就只能代稱「酒」，不能代稱其他。但是如「我」、「你」、「他」等稱呼，在不同的場合裡，可以代稱不同的對象。

此外，「代名詞」的數量大致是固定的；而「借代格」則有繼續創造、繼續增加的可能。這是兩者之間的另一差別。「借代格」的數量雖無可限定，但它的形成並非沒有規則的。本課所要介紹的就是「借代格」的規則。首先試看兩個陳述：

1.因為「張三」有「肥胖」的特徵（屬性），所以大夥以「胖子」代稱「張三」。

2.因為「張三」是眾胖子之中的一個（成員），所以大夥以「張三」代稱「胖子」。

當一個名稱用在一段文字之中，而不取其名稱之原義時，大概就是取其「借代」之義了。上面第一個陳述，以「胖子」代稱「張三」。「胖子」一詞不是指「身材」之義，而是指稱「某人」。例如說：

「胖子來了，快逃！」

這「胖子」是指稱「張三」本人，不再是指「身材」之義。

上面第二個陳述，以「張三」代稱「胖子」。「張三」一詞不是指稱「某人」，而是指「身材」之義。例如說：

「哇！今天來了這麼多張三。」

這「張三」是指「身材」之義，不再是指稱「某人」。

以上所示，都是「借代格」的意義。「張三」可能被借來代稱「胖子」，「胖子」也可能被借來代稱「張三」。誰作「代者」，誰作「被代者」，原無一定；完全看作者的用意及用法而定。不過，當用法不同時，其所代表的「借代類型」也就不同。因爲其間所依據的原理是有別的。所以上面的兩個陳述，就是代表著不同的「借代類型」。進一步的解析，請看下文。

類型一：

「胖」是「張三」的屬性之一。用邏輯術語說，「胖」是「張三」這個概念的「內包分子」。雙方是憑這「內包」的關係而借代的。此一類型，陳望道《修辭學發凡》稱爲「旁借」。

類型二：

「張三」是眾胖子之中的一員。用邏輯術語說，「張三」是「胖子」這個概念的「外延分子」。雙方是憑這「外延」的關係而借代的。此一類型，陳望道《修辭學發凡》稱爲「對代」。

一個「借代」已被用在一段文字之中，此時「代」與「被代」的關係就成定局了。換言之，它若不屬於「旁借」，即屬於「對代」。二者必居其一，而且只居其一。

對一個「概念」而言，它的「內包分子」、「外延分子」都可稱爲「隨伴事物」；而這「概念」自身則稱爲「主幹事物」（參看《修辭學發凡》）。「主幹」、「隨伴」云者，就如一棵樹之有「樹幹」與「枝葉」一般。雙方有「母、子關係」、「主、從關係」、「全、偏關係」等意涵。當我們說「以胖子代稱張三」（類型一）時，就是說，以其「內包分子」代稱其「概念自身」之義；也就是以其「隨伴事物」代稱其「主幹事物」之義。這是「旁借」類型。當我們說「以張三代稱胖子」（類型二）時，就是說，以其「外延分子」代稱其「概念自身」之義；也就是以其「隨伴事物」代稱其「主幹事物」之義。這是「對代」類型。

由上可知，「旁借」與「對代」雖屬不同之借代原理；但論其「代」與「被代」的關係時，則都是以「隨伴事物」代稱「主幹事物」。也就是以「子」代「母」、以「偏」代「全」的關係。我們稱這種「以偏代全」的方式爲「正向借代」。同時在這裡要對「逆向借代」表達否定之意。也就是說：「逆向借代」是不合理、不能成立的。「逆向借代」就是指「以全代偏」、「以母代子」，也就是以「主幹事物」代稱「隨伴事物」的借代方式。

當「張三」是「主幹事物」、「胖子」是「隨伴事物」時，此時的借代關係是「內包」的關係；當「胖子」是「主幹事物」、「張三」是「隨伴事物」時，此時的借代關係是「外延」的關係。由此可見，任何名稱都有機會作「主幹事物」，也都有機會作「隨伴事物」。也就是說，每一個「概念」都可以有其「內包分子」及其「外延分子」；而且也都可以成爲另一個「概念」的「內包分子」或「外延分子」。茲舉例說明，試看下面的陳述：

1.楚人是古代的人。
2.楚人之中有項羽。
3.項羽是楚人。
4.古代的人有楚人。

這裡是以「楚人」一名爲例，所做的陳述：

第一個陳述的意思：「古代的人」是「楚人」的內包分子（屬性）。

第二個陳述的意思：「項羽」是「楚人」的外延分子（成員）。

第三個陳述的意思：「楚人」是「項羽」的內包分子（屬性）。

第四個陳述的意思：「楚人」是「古代的人」的外延分子（成員）。

如此的相對關係，使任一個名稱都有機會作「主幹事物」，或作「隨伴事物」。但在一定的一段文字之中，一個名稱的「身分」只能有一種：或是「主幹事物」，或是「隨伴事物」。如果它是「主幹事物」，那麼它就是「被代者」。此時，它的「代者」，若屬其「內包分子」，那麼這就是一個「旁借」的例子；若屬其「外延分子」，那麼這就是一個「對代」的例子。又如果它是「隨伴事物」，那麼它就是「代者」。此時的它，若屬「被代者」的「內包分子」，那麼這就是一個「旁借」的例子；若屬「被代者」的「外延分子」，那麼這就是一個「對代」的例子。

以上種種狀態之中，不變的一個原則就是：「代者」是「隨伴事物」；「被代者」是「主幹事物」。因此，「借代」的方向就是以「隨伴事物」代「主幹事物」。也就是以「偏」代「全」。這就是「正向借代」。

爲什麼不能以「主幹事物」代「隨伴事物」（即「逆向借代」）呢？我們試推敲「代」字之常義與用法：例如我們說「總統代表國家行使主權」。「總統」是國家的一分子，人民舉他代表「國家」。於此，只有「以總統一人代表國家」之理，沒有「以國家代表總統一人」之理。這就是「代」字的常義與用法。所以說，只有「以偏代全」的借代，沒有「以全代偏」的借代。

我們在這種「代」與「被代」的關係之下，再依「內包關係」、「外延關係」之不同而分「借代格」爲「旁借」與「對代」兩個類型。這就是「借代修辭」的全部內容了。下面取《修辭學發凡》的例子（有原書編號），重新歸類、說明，以落實上述的理論。

壹、旁借

（五十五）被堅執銳，義不如公。（史記 項羽本紀）

（五十七）白鷗沒浩蕩，萬里誰能馴？（杜甫 贈韋左丞詩）

（五十九）昨夜雨疏風驟，濃睡不消殘酒。試問捲簾人，卻道海棠依舊。知否？知否？應是綠肥紅瘦！（李清照 如夢

令）

「鎧甲」、「兵器」所含的諸多屬性之中，「堅」、「銳」是其一；「煙波」所含的諸多屬性之中，「浩蕩」是其一；「葉」、「花」所含的諸多屬性之中，「綠」、「紅」是其一。前者是「主幹事物」，後者是「隨伴事物」；後者是前者的「內包分子」。以後者代前者，是爲「旁借」。

（三十六）子無謂秦無人，吾謀適不用也。（左傳 文公十三年）

（四十七）……昨日典鋪內送來三百兩利銀，是你王家姐姐的私房。每年臘月二十七八日送來……今年又送銀子來，可憐就沒人接了。（儒林外使 第五回）

「有識之士」所含的諸多屬性之中，「人性」是其一；「王家姐姐」所含的諸多屬性之中，「人性」是其一。所以前者是「主幹事物」，後者是「隨伴事物」；後者是前者的「內包分子」。以後者代前者，是爲「旁借」。

或許有人說：「有識之士」是「人」的一部分，「王家姐姐」也是「人」的一部分；所以「人」是「主幹事物」，「有識之士」、「王家姐姐」是「隨伴事物」。前後乃是「外延」的關係，所以這是「對代」的類型。可是如此一來，這個「借代」便是以「主幹事物」代「隨伴事物」——以「全」代「偏」了。這與「借代」的基本規範是相衝突的。

（三十三）過盡千帆皆不是，斜暉脈脈水悠悠。（溫庭筠 望江南）

「船」所含的諸多屬性（材料、條件）之中，「帆」是其一，所以「船」是「主幹事物」，「帆」是「隨伴事物」。因爲「帆」是「船」的一部分，而非「船」的一種，所以「帆」是「船」的「內包分子」。以「帆」代「船」，是爲「旁借」。

（十一）四海之內皆舉首而望之。（孟子 滕文公下）

（十二）萬鍾則不辨禮義而受之；萬鍾於我何加焉？（孟子 告子上）

（十三）大江東去，浪淘盡千古風流人物。（蘇軾 念奴嬌赤壁懷古）

（二十四）說來說去，說的老太轉了口，許給他二十兩銀子，自己去住。（儒林外史 第二十七回）

（五十一）無窮江水與天接，不斷海風吹月來。（陸游 泊公安縣詩）

（五十二）平生最喜聽長笛，裂石穿雲何處吹？（陸游 黃鶴樓詩）

一件事物的造就，包含諸多條件。如「工具」、「材料」等皆是條件之一。所以「工具」、「材料」等皆是該事物的「內包分子」。就如同「帆」是造就「船」的材料，所以「帆」是「船」的「內包分子」。那麼，「笛」是造就「笛聲」的條件；「月」是造就「月光」的條件；「口」是造就「語言」的條件；「江」是造就「江水」的條件；「萬鍾」是造就「萬鍾粟」的條件；「四海」是造就「四海之人」的條件……。諸如此類，前者是後者的「內包分子」。以前者代後者，是爲「旁借」。

貳、對代

（三十九）在於王所者，長幼卑尊皆薛居州也，王誰與爲不善？在王所者，長幼卑尊皆非薛居州也，王誰與爲善？（孟子 滕文公下）

（四十）因威公之問，舉天下之賢者以自代，則仲雖死，而齊國未爲無仲也，夫何患三子者？（蘇洵 管仲論）

天下「善士」之中包括「薛居州」；「賢者」之中包括「管仲」。前者是「主幹事物」，後者是「隨伴事物」；後者是前者的「外延分子」。以後者代前者，是爲「對代」。

（三十）你歷年賣詩賣畫，我也積聚下三五十兩銀子，柴米不愁沒有。（儒林外史 第一回）

（三十七）三人請問房錢，僧官說：「這個何必計較？三位老爺來住，請也請不到。隨便見惠些須香資，僧人哪裡好爭論？」（儒林外史 第二十八回）

「日用物資」之項目中，包括「柴米」；「寺中開銷」之項目中，包括「香資」。前者是「主幹事物」，後者是「隨伴事物」；後者是前者的「外延分子」。以後者代前者，是爲「對代」。

一個「借代格」的形成，「代」與「被代」之間必具某種關係。依上文所說，關係有「內包」與「外延」兩種，因此而形成的「借代技巧」就分「旁借」與「對代」兩型。「旁借」與「對代」之名，始用於陳望道《修辭學發凡》。本課雖沿用之，但在理論體系的建構上，頗有出入。學者可以參酌研議。至於陳書更就「借代的題材」，細作分類，如云「事物與事物的特徵或標記相代」、「事物與事物的所在或所屬相代」等等，此乃「題材之分類」，非「技巧之分類」。因屬瑣碎之細節，所以本課略而不議。

與「借代格」相似而易於混淆的辭格有「借喻」。因爲兩者都有「借與被借」的雙方，所以型態相仿。但兩者在「借與被借」的關係上是不同的。「借喻格」，「借」與「被借」雙方是「相似」的關係；而「借代格」，「借」與「被借」雙方是「內包或外延」的關係。根本區別在此。舉個例看：

> 由斷橋至蘇堤一帶，綠煙紅霧瀰漫二十餘里。歌吹爲風、粉汗爲雨；羅紈之盛，多於堤畔之草，豔冶極矣。（袁宏道 西湖雜記）

文中「綠煙紅霧」是寫一大片花草樹木的「視覺印象」。這一大片花草樹木，遠望似一片「綠煙紅霧」，因此以「綠煙紅霧」爲喻。雙方是「相似」的關係，所以這是「借喻」，不是「借代」。另外，文中「羅紈」一詞是「貴賓」的代稱。因爲「貴賓」衣著華美，而「羅紈」正是華貴的衣料，因此以「羅紈」代稱「貴賓」。「羅紈」是製作「華衣」的材料；「華衣」又是「貴賓」的表徵（屬性）。前者是後者的「內包分子」。以前者代後者，是為「旁借」。所以這是「借代」，不是「借喻」。

「借代格」，「代」與「被代」之間，有時是「輾轉」的關係。如上例以「羅紈」代稱「貴賓」，實際「羅紈」是先代為「華衣」，再代為「貴賓」的。再舉個例：

> 陳涉，甕牖繩樞之子，甿隸之人，而遷徙之徒也。（賈誼 過秦論）

「甕牖繩樞」是「門、窗簡陋」之義。「門、窗簡陋」是「房屋簡陋」的表徵；「房屋簡陋」又是「貧窮人家」的表徵（屬性）。所以前者是後者的「內包分子」。以前者代後者，是為「旁借」。這也是一個「輾轉借代」的例子。

其他類似「借代」而不合「借代原理」的例子，如：

> 至乎耳順之年，履折衝之位。（漢書 蕭望之傳）

> 節慕原嘗，名亞春陵。（班固 西都賦）

前例「耳順」代「六十」。這是「六十而耳順」（論語 為政篇）一語的縮減，屬於「藏詞格」。後例「原嘗」代「平原、孟嘗」，「春陵」代「春申、信陵」。這是人名的簡稱，屬於「節縮格」。凡此貌似「借代」，而「代」與「被代」之間其實不具「內包」或「外延」的關係者，皆當排除在「借代修辭」之外也。

《習作》

一、獨夫之心日益驕固；戍卒叫，函谷舉，楚人一炬，可憐焦土。
（杜牧 阿房宮賦）

「獨夫」代稱「秦始皇」，所以「秦始皇」是「主幹事物」，「獨夫」是「隨伴事物」。「獨夫」是「秦始皇」的屬性之一，所以前者是後者的「內包分子」。因此這是一個「旁借」。

「戍卒」代稱「陳涉、吳廣」，所以「陳、吳」是「主幹事物」，「戍卒」是「隨伴事物」。「戍卒」是「陳、吳」的身分（屬性），所以前者是後者的「內包分子」。因此這也是一個「旁借」。

「楚人」代稱「項羽」，所以「項羽」是「主幹事物」，「楚人」是「隨伴事物」。「楚人」是「項羽」的身分（屬性），所以前者是後者的「內包分子」。因此這也是一個「旁借」。

二、彼此說著閒話，掌上燈燭，管家捧上酒、飯、雞、魚、鴨、肉，堆滿春臺。（儒林外史 第二回）

文中「肉」字大概是指「豬肉」。不過，以「肉」代稱「豬肉」，不如以「豬」代稱「豬肉」爲宜。因爲就臺上菜肴而言，「肉」可能指任何肉；「豬」則只能指「豬肉」。原文「雞」、「魚」、「鴨」三字，正是「雞肉」、「魚肉」、「鴨肉」的代稱。順此文理，文末「肉」字改用「豬」字，亦較爲整齊合理。這是原作的語病。那麼「雞、魚」等，是「雞肉、魚肉」等的屬性（來源）；所以前者是後者的內包分子。以前者代後者，是爲「旁借」。

三、以萬乘之國，伐萬乘之國，簞食壺漿以迎王師，豈有他哉？避水火也。（孟子 梁惠王上）

「水火」是「水深火熱」的省文，在此代稱「苦難」。但「水火」既非「苦難」的「內包分子」，亦非其「外延分子」，所以雙方之間沒有「借代」的關係。這只是一個「借喻」的例子。因爲「苦難」給人的印象，與「水深火熱」相似，因而取「水火」爲喻。

四、遍索綠珠圍内第，強呼絳樹出雕闌。（吳偉業 圓圓曲）

「綠珠」、「絳樹」代稱「圓圓」。但「綠珠」、「絳樹」既非「圓圓」的「內包分子」，亦非其「外延分子」，所以雙方之間沒有「借代」的關係。這也只是一個「借喻」的例子。因爲「圓圓」與「綠珠」、「絳樹」二人有相似的條件，因而取「綠珠」、「絳樹」爲喻。

第十三課　對　偶

本課要點：

對偶格之定義

對偶格之元素

- 字數
- 句數
- 句型
- 語氣
- 用字
- 文意

積字成句，積句成章。「對偶辭格」是指「上下兩句」之間的修辭形式。「對」是對稱、對立之意；「偶」是成雙、成對之意。上句與下句呈對稱、對立的型態，就是「對偶」之句。造成這種型態的修辭技巧，就是「對偶辭格」。句有句法，字有字法。句法是指「句數」、「句型」、「語氣」等；字法是指「字數」、「用字」等。這些都是作品的外觀。至於作品的內涵，是爲「文意」。「文意」包括文章的「題材」、文章的「旨意」。以上這些項目就是「對偶」修辭的活動範圍。一個「對偶格」的造就，就以這些項目爲考量的要素。下文依次介紹這些要素的運作狀況。

壹、字數

在「對偶」修辭中，句中字數多寡，並不考量；考量的是上下句的字數是否相等。因爲「對偶」的意義就是：上下句間的對稱、對立。所以上下句的「字數相等」，乃成「對偶格」的必要條件。例如：

水流濕，火就燥。（易經 乾掛 文言）

身無半畝，心憂天下；讀破萬卷，神交古人。（左宗棠 自題書齋聯）

第一例是三字成句，上下句字數相等；第二例是四字成句，上下句字數相等。一句之長度不計，只計上下句是否等長。這是「對偶格」的第一要件。

貳、句數

「對偶格」本是上下句間的對稱修辭，所以「句數成雙」乃是對偶修辭的必要條件。例如：

士爲知己用，女爲悅己容。（司馬遷 報任少卿書）

兩句成對。這在傳統修辭學中，稱爲「單句對」。既有「單句對」，所以就有「隔句對」。所謂「隔句對」是指：四個句子中，一、三句相對，二、四句相對。例如：

人情於日暮頹唐之際，顧子孫侍側而能益精神；儒生於方寸瞀亂之餘，雖星夜辦公而必多叢脞。（袁枚 上尹制府乞病啓）

依傳統學者讀書斷句的習慣，上文當斷作四個句子。於是其對偶的型態是：一、三句成對，二、四句成對；與上述所謂「單句對」者不同，所以名爲「隔句對」。但是如以今天的文法觀點來看，前兩句實際只是「一個句子」的兩部分：「於日暮頹唐之際」是時間副詞，用以修飾下面的主句。後兩句也是一樣。所以此例實際仍是：一個句子與另一個句子的對偶關係而已。

一個句子表一個意念。意念有繁簡，所以句子就有繁簡。不論是繁、是簡，一個就是一個，不能分割爲二。「對偶修辭」的基本意義就是：將前後兩個意念做成對稱、對立的形式表出。所以它本來就應該是「兩個句子」之間的修辭活動，沒有「四個句子成一個修辭單位」的道理。

再如：

人雖草木，必不謝芳華於雨露之秋；水近樓臺，益當效涓滴於高深之世。（同上）

這也是所謂的「隔句對」；但實際上，前兩句是一個「複句」，後兩句也是一個「複句」。所以上下總共只是兩個句子，表達兩個意念，成對偶型態。

傳統學者又有所謂的「當句對」（亦名「句中對」）。顧名思義，這是指：在「一個句子」中完成的對偶修辭。例如：

佩紫懷黃。（丘遲 與陳伯之書）

乘軺建節。（同上）

第一例，四字一句，前二字與後二字成對，是爲「當句對」。第二例相同。這個問題，其實與「隔句對」相仿。在習慣上，上面兩例都被視爲「四字句」。但從文法觀點說，句子的要件在乎其「文法成分」，而不在乎其字數多寡。「佩紫懷黃」四字之中有兩個動詞、兩個受詞，實際已具備兩個句子的條件。「乘軺建節」之理同。所以所謂「當句對」，實際仍是「一個句子與另一個句子」的對偶修辭。

至於如：

鶴汀鳧渚，窮島嶼之縈迴；桂殿蘭宮，即岡巒之體勢。（王勃 滕王閣序）

文中「鶴汀鳧渚」四字、「桂殿蘭宮」四字，學者也以爲各是一個「當句對」。其實「鶴汀鳧渚」只是一個「聯合式複詞」，作爲下文（「窮島嶼之縈迴」）的主詞而已，本身並不成一個句子。「桂殿蘭宮」之理同。所以此例全部也只是「上下兩個句子」的對偶修辭而已。

參、句型

在對偶格中，並不考量一個句子的句型，只考量上下兩句是否「句型相同」。因為相同的句型才有相同的節奏。這也是「對偶格」的必要條件。所謂「相同句型」，應含兩個要義：一是上下兩句的「文法成分」相同；二是其文法成分的「排列順序」相同。例如：

窗含西嶺千秋雪，門泊東吳萬里船。（杜甫 絕句）

枯藤、老樹、昏鴉；小橋、流水、人家。（張可久 天淨沙）

第一例，上下句各有三個「文法成分」：「窗」、「門」各是主詞；「含」、「泊」各是動詞；「西嶺千秋雪」、「東吳萬里船」各是受詞——且都是「組合式複詞」的型態。三個文法成分的「排列順序」也是上下一致的。所以此例上下句的句型是相同的。

第二例表現得更簡單，上下各是三個名詞，且都是「組合式複詞」的型態：「枯」、「老」、「昏」、「小」、「流」、「人」，各是其附加詞；「藤」、「樹」、「鴉」、「橋」、「水」、「家」，各是其主體詞。所以此例上下句型也是相同的。三個「組合式複詞」本是不能成句的，所以此例應視為省略的句法。

肆、語氣

「語氣」是句法的一部分。「肯定語氣」與「否定語氣」爲一組；「直述語氣」與「疑問語氣」爲一組。任何句子必都同時表現出這兩組語氣中的一種語氣。例如：

人神之所同嫉，天地之所不容。（駱賓王 爲徐敬業討武曌檄）

兩個「直述句」，上句作「肯定語氣」，下句作「否定語氣」，因而形成一種對立性。在對偶修辭中，語氣的變化常被用作「調節形式」的技巧。「天地之所不容」一句若作「天地之所共棄」，意思依舊；但語氣變爲「直述肯定」，與上句相同，便少了一層形式上的變化。

再如：

一坏之土未乾，六尺之孤何託？（同上）

上句作「直述否定」，下句作「疑問肯定」，語氣完全對立。下句若寫作「六尺之孤無託」，意思依舊；但語氣與上句相同，便少了一層形式上的變化。

在對偶修辭中，「語氣的變化」並非必要的條件。例如：

班聲動而北風起，劍氣衝而南斗平。（同上）

兩句都是「直述肯定」語氣。

以此制敵，何敵不摧？以此圖功，何功不克？（同上）

兩句都是「疑問否定」語氣。少了語氣的變化，自然少了對偶趣味的多樣性；但無礙其爲對偶句法。

伍、用字

文字的選用，自然是依據文意的需要。在相同的文意之下，自然使用相同的文字。但在對偶修辭中，爲了造就上下文的對立形式，便在上下文意相同之處，刻意變化用字。例如：

南嶽獻嘲，北壟騰笑。（孔稚珪 北山移文）

上下兩句，末字同義，上用「嘲」字，下用「笑」字，就是變化用字。「用字」的變化，如同「語氣」的變化，可以增添對偶趣味的多樣性；但不是必要條件。例如：

生則天下歌，死則天下哭。（荀子 解蔽）

兩個「五字句」之中，有三個字相同。因爲未作變化，所以對立色彩較淡；但無礙其爲「對偶格」。

陸、文意

「字數」、「句數」、「句型」、「語氣」、「用字」五個項目的講究，都屬於「文字形式」的方面。至於「文字內容」方面，實際也在「對偶修辭」的考量之中。所以「對偶格」並非純然文字形式上的修辭技巧。

「駢體文」是文章體裁的名稱，它所要求的修辭技巧就是「對偶格」。這種文章的寫作方式，也稱爲「雙行」筆法。「雙行」之意就是說：每一個文意，需作雙重的表述。然後在這兩次的表述之間，作成對偶（對立、對稱）的形式。例如：

時維九月，序屬三秋。（王勃 滕王閣序）

時運不齊，命途多舛。（同上）

第一例，兩句成對，文意只是一個，就是「秋天九月」之意。第二例，兩句成對，文意也只是一個，就是「命運難測」之意。既然是「一個文意、兩次表述」，所以「文字形式」儘管不同，「文字內容」總是相同的。在相同的內容之下，除可變化文字之形式外，還有「變化題材」之一途。例如：

伯牙絕弦於鍾期，仲尼覆醢於子路。（曹丕 與吳質書）

燕啄皇孫，知漢祚之將盡；龍漦帝后，識夏庭之遽衰。（駱賓王 爲徐敬業討武曌檄）

第一例用了兩個故事。故事雖異，但「失其所愛」之旨則同。第二例也用了兩個故事。故事雖異，但「傾國傾城」之意則同。這是用「相異的題材」，表述「相同的文意」之法。另外還有一種方法，是將「一個文意」分割爲二，用兩個句子先後完成表述。所以雖是兩個句子，實際仍只表「一個文意」。例如：

春風桃李花開日，秋雨梧桐葉落時。（白居易 長恨歌）

士有解佩出朝，一去忘返；女有揚蛾入寵，再盼傾國。（鍾嶸 詩品序）

第一例所表的意思是「時光流逝」：上句寫「春風」、「花開」，下句寫「秋雨」、「葉落」，合起來就是「時光流逝」的全部意涵。第二例所表的意思是「人生際遇」：上句寫「男士」、「失意」，下句寫「女子」、「得寵」，交互而成「人生際遇」的全部意涵。這是「互文見義」的筆法。

由此看來，對偶格在「文意」方面的表現，就是要使上下兩句共表一個意思。其法有三，一是：變化上下句的文字，表達同一個意思；二是：變化上下句的題材，表達同一個意思；三是：切割一個文意，分兩句完成表述。

一般作品之中，完全符合「對偶格」之理想標準的很少。「對偶修辭」的複雜性，源自於所涉的要素多；且其中沒有一個要素具有「充足條件」的地位；只有部分要素具有「必要條件」的地位。一個「對偶辭格」之所以經常不易認定，道理在此。

《習作》

一、歷觀文囿，泛覽辭林。（蕭統 文選序）

這是兩個「四字句」：「歷觀」、「泛覽」分別爲動詞；「文囿」、「辭林」分別爲受詞。句型相同，且都屬「直述肯定」語氣。在「文意」方面，兩句意思相同，不過在「用字」上面加以變化而已：「歷觀」即「泛覽」；「文囿」即「辭林」。所以這是相當典型的對偶法。

二、抱玉者聯肩，握珠者踵武。（鍾嶸 詩品序）

這是兩個「五字句」：「抱玉者」、「握珠者」分別爲主詞；「聯肩」、「踵武」分別爲述詞。句型相同，且都屬「直述肯定」語氣。在「文意」方面，兩句意思相同，不過在取材方面，一寫「抱玉」，一寫「握珠」；一寫「聯肩」，一寫「踵武」，如此而已。所以也算是相當標準的對偶法。

三、宋微子之興悲，良有以也；袁君山之流涕，豈徒然哉？（駱賓王 為徐敬業討武曌檄）

這是傳統所謂的「隔句對」。實則第一句、第二句合起來，只是一個「繁句」而已。「宋微子之興悲」是個「組合式詞結」，作主詞用；「良有以也」是其述詞。第三句、第四句，文法相同。在「語氣」方面，上句是「直述句」，下句變爲「疑問句」，成就一個對立關係。在「文意」方面，上下各用一個典故。故事不同，但旨意只是一個——寫「亡國之痛」。所以這也是相當典型的對偶法。

四、陶匏異器，並為入耳之娛；黼黻不同，俱為悅目之翫。（蕭統文選序）

這也是傳統所謂的「隔句對」。實則第一句、第二句合起來，只是一個「複句」而已——「轉折關係」的複句。意思是說：「陶」、「匏」雖異質，但同爲樂器之材。第三、四句，文法相同。在「語氣」方面，上句是「肯定句」，下句變爲「否定句」，成就一個對立關係。在「文意」方面，上下取材不同，但旨意只是一個——寫「聲色之娛」。所以這也是相當標準的對偶法。

五、文恬武嬉。（史可法 請頒討賊詔書疏）

這是傳統所謂的「當句對」：四字一句，「文恬」對「武嬉」。若從今日文法觀點說，這四字實際是兩個句子——兩個「表態句」：「文」是主詞，「恬」是述詞；「武」是主詞，「嬉」是述詞。「句型」、「語氣」，上下相同。在「用字」上，「恬」與「嬉」是變化用字，字義無別。在「文意」方面，兩句分說「文恬」與「武嬉」；合起來只是一個意思，就是「百官荒怠」。所以這也是典型的對偶法。

第十四課　排　比

本課要點：

排比格之定義

排比格之元素

- 字數
- 句數
- 句型
- 語氣
- 用字
- 文意

相關辭格

- 對偶

「排比」與「對偶」有被合稱爲「排偶」的習慣。它們實際是兩種不同的修辭法，所以有各自的名稱；但是它們的關係密切、形貌相仿，時常予人難以區隔的感覺，所以有時就被合併稱呼了。

若從修辭的「技巧」上說，「排比」、「對偶」二格是有許多共通的地方。這是它們難以被區隔的原因所在。若從修辭的「心理」上說，排、偶二格的分別是明顯的。一個句子是一個表述。上下兩句的表述，籠統地說，不是相同，就是相異；但實際地說，它們經常是異同互見的。因此，從「同」的角度看，它們就是同類；從「異」的角度看，它們就是異類。於是從事寫作的人，在主觀上就有其選擇的空間。當他以「同」的角度看時，他的修辭技巧就往「同」的方向表現；當他以「異」的角度看時，他的修辭技巧就往「異」的方向表現。在這裡，我們可以簡要地作一結語：當作者以「同」的角度來進行表述時，他的修辭心理是傾向「排比格」的；當作者以「異」的角度來進行表述時，他的修辭心理便是傾向「對偶格」的。「對偶修辭」的技巧，就是在文字形式上，強調上下文的「對立性」；「排比修辭」的技巧，就是在文字形式上，強調上下文的「同質性」。這就是排、偶二格的重要分別所在。

關於「對偶修辭」的六個元素，在前一課中已詳加介紹。本課擬採「比較」的方式進行，也就是比照「對偶格」的六個元素，逐一說明「排比格」的製作技巧；並比較排、偶二格在技巧上的異同表現。

壹、字數

詩詞的句子有「字數」上的限定，一般文章的句子就沒有「字數」上的限定。本課所論的「字數」，不是指「一個句子」的字數多少；而是指「兩個句子」的字數相等與否。

兩個句子的意思是「同類」或「異類」，與它們的字數是「相等」或「不等」，原無本質上的關係。「對偶修辭」爲了表現上下句的「對立性」，首先必須要求句中「字數」的整齊。「排比修辭」要表現的是上下句的「同一性」，對於句中「字數」的整齊，並不積極要求；但上下文既有「同一」的關係，其句子長短自然就不會相差太遠。例如：

富貴不能淫，貧賤不能移，威武不能屈。（孟子 滕文公下）

請句踐女女於王，大夫女女於大夫，士女女於士。（國語 越語）

第一例所表達的意思都是「大丈夫的修爲」，三個句子的長短也都相同。第二例所表達的意思都是「對等的婚嫁」。因爲句中所含名稱（如「王」、「大夫」、「士」）本就參差，所以造成的句子，「字數」自然不齊。但相差不多，不妨害其表現爲「同類」的關係。

貳、句數

單獨一個句子，無所謂「對偶」，也無所謂「排比」。「對偶」是「成雙成對」的意思，所以「對偶修辭」的句數是兩句（參看第十三課）。「排比格」是用來陳列「同類」的意念。「同類」的意念原無數量的限制。所以「排比格」的句數，少則兩句，多則無限。例如：

自暴者不可與有言也；自棄者不可與有爲也。（孟子 離婁上）

今陛下致昆山之玉，有隨和之寶，垂明月之珠，服太阿之劍，乘纖離之馬，建翠鳳之旗，樹靈鼉之鼓。（李斯 諫逐客書）

第一例，兩句排比，表達的是「自暴自棄」之義。第二例，七句排比，表達的是「玩賞寶物」之義。

參、句型

所謂「句型」，包含兩層意義：一是指句中的「文法成分」，二是指這些成分的「排列次序」。任何句型都可以製作「排比格」、「對偶格」。此處的論題是：排、偶二格的上下句，是否必然同型？

「句型」是句子的型態。「對偶格」爲了表現上下文的「對立性」，需要相同的句型做基礎。不同的句型將干擾其「對立性」的表現（參看第十三課）。至於「排比格」，爲了表現上下文的「同質性」，句型的相同仍是必要的。例如：

東市買駿馬，西市買鞍韉，南市買轡頭，北市買長鞭。（木

蘭辭）

這是四個句子的「排比」，寫的都是「買馬具」的意思。「主詞」一致省略，「動詞」一律是「買」字，「受詞」全在句尾；而每句句首都是一個「處所詞」。所以這四個句子的句型是完全相同的。因爲句型相同，所以上下文的「同質性」便得以彰顯。由此看來，對「相同句型」的要求，「排比修辭」與「對偶修辭」是一致的。

肆、語氣

「語氣」是句法的一部分，所以凡是句子，必有語氣。「語氣」分兩組，一組是「肯定」與「否定」；一組是「直述」與「疑問」。凡是句子，都兼有兩組語氣中的一種。例如：

> 不爲不可成，不求不可得，不處不可久，不行不可復。（管子 牧民）

> 誰能思不歌？誰能飢不食？（子夜歌）

第一例，四句排比，都是「否定」、「直述」的語氣。第二例，二句排比，都是「否定」、「疑問」的語氣。所以在「排比格」中，爲表現上下文的「同質性」，其上下句的語氣常是維持不變的。在「對偶格」中，則常常運用語氣的變化，來補充上下文的「對立性」（參看第十三課）。

伍、用字

上下文使用到「相同字眼」的機會很多。即使是表達「異類」的意念，也難免如此；何況所表達的是「同類」的意念？面對此等相同的字眼，「對偶修辭」是盡量抽換，以增加上下文的「對立性」；而「排比修辭」則盡量保留，以凸顯上下文的「同質性」。例如：

因雪想高士；因花想美人；因酒想俠客；因月想好友；因山水想得意詩文。（張潮 幽夢影）

五句排比，說的都是「即景生情」的意思。「因」、「想」二字貫串上下，凸顯了上下文的「同類」關係。

有時作者並不強調上下文的「同質性」，而刻意抽換字眼，以表現「用字」的多樣性。例如：

是以泰山不讓土壤，故能成其大；河海不擇細流，故能就其深；王者不卻眾庶，故能明其德。（李斯 諫逐客書）

三個「複句」的排比，表達的都是「有容乃大」的意思。三個動詞，意義都相同，用字卻不同：由「不讓」換做「不擇」，再換做「不卻」。「變換用字」本是「對偶格」的表徵；此例在本質上仍屬「排比格」，只不過是「用字」一項不合常規而已。排、偶二格有時難以分辨，這就是原因之一。

陸、文意

句子，在兩個以上，才有排、偶之可言。上下兩句的文意，可能「同類」，可能「異類」，也可能只是「重複」。不論如何，當作者考慮使用「排比格」或「對偶格」時，他對上下兩句「文意」的異同，便已經有了認定。他認定是「同類」時，便採用「排比修辭」；他認定是「異類」時，便採用「對偶修辭」。至於「重複」的文意，一般仍採用「對偶修辭」；只在外表形式上求變化，以呈現一種「對立性」而已。

「字數」、「句數」、「句型」、「語氣」、「用字」、「文意」等，是排、偶修辭活動的共同項目。作者的修辭意向，就表現在各個項目的運作上。例如：

> 仲宣獨步於漢南，孔璋鷹揚於河朔，偉長擅名於青土，公幹振藻於海隅，德璉發跡於魏北，足下高視於上京。（曹植 與楊德祖書）

這裡列敘了當代文壇六鉅子，都是領袖一方的文豪，所以上下「文意」是屬於同類的。這是「排比格」的寫法。但若檢查上下文的「用字」，句中動詞從「獨步」到「高視」，一再變化。詞義雖同，用字卻不肯重複。這一點倒是屬於「對偶格」的作風。所以說，一個文例究竟是屬於「排比格」，或「對偶格」，常常是沒有絕對答案的。不過上面這個例子除了「用字」一項外，其餘都合乎「排比格」的條件，所以一般就判定它是「排比修辭」的例子。

《習作》

一、西伯拘牖里，演周易；孔子厄陳蔡，作春秋。（史記 太史公自序）

「西伯曾拘禁於牖里，而闡述周易；孔子曾遭厄於陳蔡，而編寫春秋。」上下兩件事，論其「文意」，都是表達「發憤著述」的意思。所以你可以說它是重複表述一個意思，也可以說它是列敘同類的事例。究竟是對偶，或是排比，便很難下斷。若從「用字」方面看，上下句間本有可以共用的字眼，作者刻意錯開，避免重出。如「拘牖里」與「厄陳蔡」的動詞；「演周易」與「作春秋」的動詞，用字儘管不同，意義實際差不多。此一動作則偏屬「對偶修辭」的技巧。不過考察原作，其下文是：「屈原放逐，乃著離騷；左丘失明，厥有國語……」頭尾一樣的「句型」，實際共列敘了「七個事件」。從這個角度說，此例基本上仍應算是一個「排比修辭」。

二、士為知己用，女為悅己容。（司馬遷 報任少卿書）

這兩句寫了兩件事。單獨看時，兩事關係不甚明朗。只覺句中「用字」頗多重複，近似「排比辭格」。但看原作的上文說：「蓋鍾子期死，伯牙終身不復鼓琴。」由此推知，這兩句話所表達的旨意是：「不論男女，個人存在的價值都是渴望受到肯定的。」因此這兩句話寫的是「一件事的兩端」。作者將一件事（人），分作兩截（男、女）敘述。這種安排法乃是「對偶修辭」的特徵。從這個角度說，此例應算是一個「對偶修辭」。

三、務光何足比？涓子不能儔。（孔稚珪 北山移文）

此寫人物清高，說「務光」、「涓子」等古之隱者都不能相比。從「文意」上說，這似是列敘兩個「同類」的事件，屬於「排比修辭」。但原作實際只在說明「人物清高」之義——上下句採用不同的材料，重複表述相同的意思。這是屬於「對偶修辭」的作法。此外，看兩句話在「語氣」上的表現，先作「疑問肯定」，再作「直述否定」。由此亦可窺見作者進行「對偶修辭」之意向。

第十五課　層　遞

本課要點：

- 狹義之層遞格
  - 頂眞筆法
  - 排比句型
- 廣義之層遞格
  - 次序性詞語
  - 材料自身的次序
- 層遞之方向
  - 前進式
  - 後退式
  - 倒置式
- 相關辭格
  - 頂眞
  - 排比

「層遞」，就是「層層相遞」之義。所以這是一種表達「次序性」的修辭技巧。「次序性」的表出，是本辭格的目標；而表出的方法，因條件講求之多寡，即有狹義、廣義之分。下面分別介紹之。

壹、狹義層遞

結合「頂眞筆法」與「排比句型」，以表出一種「次序性」的修辭技巧，就是狹義的「層遞格」。所謂「頂眞筆法」，就是用「首尾銜疊」的方式，來銜接上下文的一種修辭技巧。例如：

簫聲咽，秦娥夢斷秦樓月。秦樓月，年年柳色，灞陵傷別。樂遊原上清秋節，咸陽古道音塵絕。音塵絕，西風殘照，漢家陵闕。（李白　憶秦娥）

上片之中，「秦樓月」三字既是上文的句尾，也是下文的句首。下片之中，「音塵絕」三字既是下文的句首，也是上文的句尾。像這樣，用「首尾重疊」的方式來銜接上下文者，在修辭學中稱爲「頂眞辭格」。

「頂眞修辭」的原則是「下文的句首疊用上文的句尾」；但其疊用的位置並不作嚴格限定。例如：

人法地，地法天，天法道，道法自然。（老子　二十五章）

可與共學，未可與適道；可與適道，未可與立；可與立，未可與權。（論語　子罕篇）

第一例，「地」、「天」、「道」三字的銜疊處是在標準的位置上；第二例就有些出入：「適道」、「立」二詞的銜疊，只是大略在句尾、句首的位置上而已。雖不如第一例之嚴整，仍無礙其爲「頂眞」修辭。

「排比句型」已介紹在前一課。「頂眞筆法」與「排比句型」結合之後，就會呈現一種「次序形式」來。例如：

> 心正而後身修，身修而後家齊，家齊而後國治，國治而後天下平。（禮記 大學）

文中「身修」、「家齊」、「國治」三處也作「首尾銜疊」的形式，所以也算是「頂眞」之修辭。除了「頂眞」之外，它的每一句，句型都相同，且都是用「而後」爲「連接詞」的複句。如此同型的句子，前後共有四個，成就了一個「排比格」。於是全文便呈現一種「次序性」來。「心正」、「身修」、「家齊」、「國治」、「天下平」五事之間的「先後關係」，就是此文所表現的一種「次序性」。

再看一例：

> 名不正則言不順，言不順則事不成，事不成則禮樂不興，禮樂不興則刑罰不中，刑罰不中則民無所措手足。（論語 子路篇）

文中「言不順」、「事不成」、「禮樂不興」等處，採用「首尾銜疊」的形式，所以是「頂眞格」。此外全文五句，句型相同，都在表達一種「必要條件」的關係；用「不……則不」這樣的詞語貫串各句，所以也具備了「排比」之修辭。於是全文便表出一種「次序性」來。「名正」、「言順」、「事成」、「禮樂興」、「刑罰中」……諸事之間的「條件關係」，就是此文所表達的「次序性」。

「次序」的意義很廣：「條件關係」是一種「邏輯的次序」；「先後關係」是一種「時間的次序」。此外還有「量度的次序」，例如：

> 一身之迷不足以傾一家，一家之迷不足以傾一鄉，一鄉之迷不足以傾一國，一國之迷不足以傾天下。（列子 周穆王）

這是表現「範圍大小」的。再如：

> 藏書不難，能看爲難；看書不難，能讀爲難；讀書不難，能用爲難。（張潮 幽夢影）

這是表現「難度高低」的。再如：

> 知之者不如好之者；好之者不如樂之者。（論語 雍也篇）

這是表現「造詣深淺」的。

貳、廣義層遞

表現「次序性」，是「層遞修辭」的基本意義。至於其表述的方式，在上文所論及的，是「頂眞」與「排比」兩修辭技巧的結合使用。但這並不是唯一的方式，試看下面的例子：

上士聞道，勤而行之；中士聞道，若存若亡；下士聞道，大笑之。（老子 四十一章）

太上有立德，其次有立功，其次有立言。（左傳 襄公二十四年）

援琴而鼓，一奏之，有玄鶴二八，道南方來，集於郎門之垝；再奏之而列；三奏之，延頸而鳴。（韓非子 十過）

這三例各都表述了一種「次序性」，但都不用「頂眞修辭」。它們的「次序性」的形成，是用一些能夠指示「次序」的詞語（稱爲「關聯詞語」）來表現的。如第一例使用的是「上」、「中」、「下」等字眼；第二例使用的是「太上」、「其次」等字眼；第三例使用的是「一」、「再」、「三」等字眼。像這樣，不是結合「頂眞」與「排比」兩辭格，來表述一種「次序性」的修辭技巧，就是廣義的「層遞格」。因爲它們較少借助於修辭的「形式」，因此其修辭的「藝術性」也較淡薄。

廣義的「層遞格」又分兩種：上述各例使用一些能夠指示「次序」的詞語來表現的，是第一種；第二種是：當所陳述的材料本身即具備「次序性」時，不藉任何形式，直接即能表現的。例如：

彼采葛兮，一日不見，如三月兮；彼采蕭兮，一日不見，如三秋兮；彼采艾兮，一日不見，如三歲兮。（詩經 王風 采葛）

此例既不用「頂眞」修辭，也不用任何指示「次序」的字眼；「三月」、「三秋」、「三歲」諸詞本身即已顯示「時間」的短長。作者只需依次陳述，「次序」自見。但因爲它不借助於任何修辭的「形式」，因此其修辭的「藝術性」也最薄。

總計上述，「層遞修辭」的類型有三：其一是要求結合「頂眞」與「排比」兩辭格的技巧來表現「次序」的；其二是要求使用「次序性詞語」來標示「次序」的；其三是憑藉「材料自身」所顯示的「次序性」來表現的。從製作技巧的難度上說，第一型的難度最高；但其修辭之「藝術性」也因而居三者之冠。

參、層遞之方向

關於「次序」的表述，還有一個「方向」上的課題。比如說，表述的「方向」是由小而大、由低而高者，是「前進式」（或稱「上升式」）；那麼表述的「方向」是由大而小、由高而低的，就是「後退式」（或稱「下降式」）。舉例說：

欲治其國者，先齊其家；欲齊其家者，先修其身；欲修其身者，先正其心。（禮記 大學）

這是表述「先後」的次序，而在「方向」上是「後退式」的：由「國家」說到「個人」。

再如：

心正而後身修，身修而後家齊，家齊而後國治，國治而後天下平。（同上）

文中所表達的意義依舊；但其陳述的方向是「前進式」的：由「個人」說到「國家」。方向雖殊，不礙其爲「層遞格」。

在「前進式」與「後退式」之外，還有一種「倒置式」的陳述方法。它是由一般的「層遞格」變化而來的。對一般的「層遞格」（包括「前進式」與「後退式」）而言，「倒置式」是其變格。例如：

不得於言，勿求於心；不得於心，勿求於氣。（孟子 公孫丑上）

不得於心，勿求於氣，可；不得於言，勿求於心，不可。（同上）

同一個道理，《孟子》前後用不同的方式闡述。對前一式而言，後一式是其「倒置式」。「倒置式」不同於「後退式」。「後退式」只是內容次序作「反向」陳述，其間的「銜疊形式」依舊存在。至於「倒置式」，就不能維持「銜疊形式」的存在；不過在內容上仍保存其原本的「次序意義」而已。因爲它是一般「層遞格」的變式，所以仍當視爲「層遞修辭」之一型。

我們可以舉上面的一個例子來作練習：

知之者不如好之者；好之者不如樂之者。（論語 雍也篇）

既曰「不如、不如」云云，所以這個「層遞」的方向是「前進式」的。今試改寫作「後退式」的：

樂之者勝於好之者；好之者勝於知之者。

將主要述詞「不如」改為「勝於」，就可將原來的「前進式」反寫成「後退式」。現在再將這個「後退式」改寫成「倒置式」：

好之者勝於知之者；而樂之者又勝於好之者。

「好之者」一詞本是這個「層遞格」的原始銜疊處；如今分見頭尾，兩處懸隔，所以「頂真形式」不復存在；只是文章意旨並未改變而已。

「後退式」可以改寫成「倒置式」；「前進式」也可以改寫成「倒置式」：

好之者不如樂之者；而知之者又不如好之者。

這是原文的改寫。式中的「好之者」一詞也是分見頭尾，不再居中銜疊，所以不成「頂真」修辭。

總結來說，在「文旨不變」的前提下，只需更動一、二字眼，「前進式」與「後退式」就可以互變；而兩式又都可與「倒置式」互變，且文旨不改，只需添加一、二字眼以為輔助而已。這就是表達方式的多樣性的寫照。

「狹義層遞格」的規模，最小的是「兩個句子」（兩個單句，或兩個複句）。每句中含「兩個文法單元」（兩個詞，或兩個子句）；其中一個單元是相鄰兩句共有的，所以兩個句子實際只含三個文法單元。兩個句子，三個文法單元，可造就一個「層遞格」。以此上推，三個句子，四個文法單元；或四個句子，五個文法單元……都可造就一個「層遞格」，其規模之大是可以無限的。

《習作》

一、能盡其性，則能盡人之性；能盡人之性，則能盡物之性。（禮記 中庸）

上下兩個「複句」，句型相同，成「排比」的形式。中間半句「能盡人之性」既為上句之尾，復為下句之首，為一典型的「頂眞」修辭。各句表達的是「條件」的關係，所以「能盡其性」、「能盡人之性」、「能盡物之性」三者就呈現一種「邏輯」的次序。所以全文乃是一個標準的「層遞格」。

二、禽鳥知山林之樂而不知人之樂；人知從太守遊而樂而不知太守之樂其樂也。（歐陽修 醉翁亭記）

上下兩個「複句」都屬於「轉折關係」的句型。各句字數雖有參差，但不礙其為「排比」修辭。上下句間，「人」、「樂」二字疊用；雖不出現在「句首、句尾」的標準位置，但無礙其為「頂眞」修辭。全文表達的是「樂」的層級，所以「禽鳥之樂」、「人之樂」、「太守之樂」三者就呈現了一種「高低」的次序。因此全文是一個「層遞」的修辭格。

三、修之於身，其德乃真；修之於家，其德乃餘；修之於鄉，其德乃長。（老子 五十四章）

三個「條件關係」的複句，成一「排比」修辭。其間不用「頂眞」修辭，甚至不用「指示次序」的字眼；但仍表現了一種「次序性」。那是因為「材料自身」已顯示了「次序性」：「修之於身」、「修之於家」、「修之於鄉」三者依次陳述，由小而大的方向，自然呈現了一種次序。

四、**桃花扇何奇乎？其不奇而奇者，扇面之桃花也；桃花者，美人之血痕也；血痕者，守真待字、碎首淋漓不肯辱於權奸者也；權奸者，魏閹之餘孽也；餘孽者，進聲色、羅貨利、結黨復仇、隳三百年之帝基者也。（孔尚任 桃花扇）**

論句型，全文頗不一致，所以不成「排比」修辭。論其銜疊技巧，「桃花」、「血痕」、「權奸」、「餘孽」諸詞都出現在相鄰兩句的「句首、句尾」的位置，所以是一個典型的「頂眞」修辭。因爲文中所表現的並非一種「次序性」的意義，不合「層遞格」的宗旨。所以這只是一個「頂眞格」，不是「層遞格」。

第十六課　錯　綜

本課要點：　錯綜格之技巧

- 抽換詞面
- 交蹉語次
- 伸縮文身
- 變化句式
- 蒙上省文
- 互文見義

相關辭格

- 排比
- 對偶

「排比」的原始功能就在：陳列一類事物的個個單項。例如：

> 無惻隱之心，非人也；無羞惡之心，非人也；無辭讓之心，非人也；無是非之心，非人也。（孟子 公孫丑上）

文中所列的四件事，都是「人之所以爲人」這一綱領之下的節目，所以用「排比法」陳述之。

當所陳述的事物相類時，用來表達的「文字形式」自然相似。當相似的文字形式一再重複時，不免流於單調、沈悶而乏味。於是便有補救的修辭技巧，稱爲「錯綜辭格」。「錯綜」是取「變化」的意思——化「嚴整」爲「參差」、化「單調」爲「多樣」。藉此以活絡氣韻、提振文勢。

大體而言，「排比格」、「對偶格」是傾向「整齊」的修辭法；但在「整齊」之中，它們仍有「變化」的講究。例如「變化用字」、「變化語氣」是「對偶格」所講求的技巧（見第十三課）；而在「錯綜格」中所講求的「抽換詞面」、「變化句式」（見下文），也正是此義。但在「對偶格」中，上下句的「字數」要求相等；在「錯綜格」中乃加以解放，此即所謂「伸縮文身」（見下文）。此外，「排比格」與「對偶格」的上下句間，都要求「句型」相同；「錯綜格」亦加以解放，此即所謂「交蹉語次」（見下文）。所以總結看來，「錯綜格」的種種技巧，本質上就是在化「嚴整」爲「參差」的。下文即逐一介紹這些技巧。

壹、抽換詞面

在「排比格」中，由於上下文意的類似性，自然有些相同的字眼在關鍵的位置上，貫串上下句。而在「錯綜格」裡則反其道而行：當上下文意類似、措詞自然相同時，乃刻意抽換「詞面」，代之以同義之別詞。義雖同而詞不同，避免了外觀上的重複。例如：

> 昔仲宣獨步於漢南，孔璋鷹揚於河朔，偉長擅名於青土，公幹振藻於海隅，德璉發跡於魏北，足下高視於上京。人人自謂握靈蛇之珠，家家自謂抱荊山之玉。（曹植 與楊德祖書）

前面六句共陳述了六位當代文學鉅子，每位各領袖一個地區。所以全文除了六個人名、六個地名各不相同外，剩下的「述詞」本應是一樣的；但作者卻一再抽換，前後計有「獨步」、「鷹揚」、「擅名」、「振藻」、「發跡」、「高視」六個「述詞」。這六個「述詞」，詞義無別，只是詞面不同而已。另外，文末兩句「人人自謂握靈蛇之珠」、「家家自謂抱荊山之玉」，文意是完全相同的，而用詞也不重複。這都是「抽換詞面」的技巧。

「抽換詞面」，規模可以由「詞」擴大到「句」。例如：

> 巡曰：「吾於書，讀不過三遍，終身不忘也。」因誦嵩所讀書，盡卷，不錯一字。嵩驚，以爲巡偶熟此卷，因亂抽他帙以試，無不盡然。嵩又取架上諸書，試以問巡，巡應口誦無疑。（韓愈 張中丞傳後敘）

文中肯定「張巡」的記性，前後共有四次。基本上說的都是「過目不忘」的意思。但文中沒有任何一次與其他各次使用相同的句子。第一次說「終身不忘」，第二次說「盡卷不錯一字」，第三次說「無不盡然」，第四次說「應口誦無疑」。如此多變的表達方式，活潑了文章的氣韻。

貳、交蹉語次

所謂「句型相同」之意，包括句中「文法成分相同」及其文法成分的「排列順序相同」（見第十三課）。這是「排比」、「對偶」兩辭格的共同必要條件。而這裡所說的「交蹉語次」，就是在相同的「文法成分」之下，變化其文法成分的「排列順序」，達到「錯綜」的修辭目的。例如：

> 裙拖六幅湘江水，鬢聳巫山一段雲。（李群玉 贈鄭相井歌姬詩）

上句的文法成分：「裙」、「拖」、「六幅湘江水」，分別爲主詞、動詞、受詞（詞組）。下句的文法成分：「鬢」、「聳」、「巫山一段雲」，也分別爲主詞、動詞、受詞（詞組）。所以兩句的文法成分相同；但在排列的順序上，上句的受詞作「六幅湘江水」，下句的受詞不作「一段巫山雲」，而作「巫山一段雲」。上下詞序不一，這就是「交蹉語次」的表現。

「交蹉語次」，規模可以由「詞」擴大到「句」。例如：

> 昔伯牙絕絃於鍾期，仲尼覆醢於子路；痛知音之難遇，傷門人之莫逮。（曹丕 與吳質書）

四個句子共寫兩件事。第一件寫「知音難遇」（第一、三句）；第二件寫「門人莫逮」（第二、四句）。這種「1、3、2、4」的句次，是從原始的句次「1、2、3、4」變化而來的。「1、2、3、4」自然平順；「1、3、2、4」則錯落有致。

再如：

歐陽子方夜讀書，聞有聲自西南來者，悚然而聽之，曰：「異哉！」初淅瀝以蕭颯，忽奔騰而砰湃；如波濤夜驚，風雨驟至。（歐陽修 秋聲賦）

後面四個句子共寫兩件事。第一件寫「風聲雨聲」（第一、四句）；第二件寫「波濤砰湃」（第二、三句）。這種「1、3、4、2」的句次，也是從原始的句次「1、2、3、4」變化而來的。

參、伸縮文身

「對偶格」的上下句，字數必然相等。「排比格」的上下句，字數雖不必然相等，但也只是順其自然；通常相差不多，因爲上下「句型相同」的關係。所謂「伸縮文身」則是刻意增字，伸長文身；使原本大致整齊的「排比句法」，不再那麼整齊。所增加的字，實質意義不大，主要是形式上的功能。例如：

倉庚于飛，熠燿其羽。之子于歸，皇駁其馬。親結其縭，九十其儀。其新孔佳，其舊如之何？（詩經 豳風 東山）

原是「四字句」的詩篇，卻在末句加一字，使單獨成「五字句」，伸長了文身。句長的改變，調整了文字的節奏，有助於章節的結束。

「伸縮文身」，規模可由「增字」擴大到「增句」。例如：

> 若夫傷財賄之有亡，計班資之崇卑；忘己量之所稱，指前人之瑕疵。是所謂：詰匠氏之不以杙爲楹，而訾醫師以昌陽引年，欲進其豨苓也。（韓愈 進學解）

「若夫」以下，兩兩排比；「是所謂」以下，二句排比。但末句「欲進其豨苓也」，在文意上是屬於「訾醫師以昌陽引年」的延伸；所以對上句「詰匠氏之不以杙爲楹」而言，是延伸了一個句子。

肆、變化句式

「變化句式」，以今天文法觀點說，就是「變化語氣」。文意維持不變，只變化語氣型態，這在「對偶修辭」中，是經常使用的技巧。例如：

> 朱鮪涉血於友于，張繡剚刃於愛子；漢主不以爲疑，魏君待之若舊。（丘遲 與陳伯之書）

四個句子，陳述兩件事，是「1、3、2、4」的語次。前兩句都是「肯定」語氣；後兩句則一作「否定」，一作「肯定」。若四句全作「肯定」語氣，便有單調之嫌了。

爲了維持文意不變，「變化句式」常配合「抽換詞面」而實施。例如上例，先說「不以爲疑」，後說「待之若舊」，就是此理。若不抽換詞面，用雙重的「語氣變化」也能達相同的目的。例如：

那些老婆子們都老天拔地，伏侍了一天，也該叫他們歇歇；小丫頭們也伏侍了一天，這會子還不叫他們頑頑去麼？（紅樓夢 第二十回）

「伏侍了一天」的，有老婆子，有小丫頭，都該叫她們休息了。上句說「也該叫他們歇歇！」下句說「還不叫他們頑頑去麼？」先作「直述、肯定」語氣，後作「疑問、否定」語氣。不同的語氣，表達相同的文意。這就是「雙重的語氣變化」的效果。此處除變化「語氣」之外，也伸縮了「文身」——上句七字，下句十二字。所增文字並無多少實質意義，只是調整節奏而已。

爲了避免一種「文字形式」的重複出現，乃有「錯綜修辭」之技巧。上述四種技巧是陳望道《修辭學發凡》所介紹的。但「錯綜修辭」之技巧應不只這四種。下面再介紹兩種，一是「蒙上省文」，二是「互文見義」。茲繼上文，續加說明。

伍、蒙上省文

上下文字重出時，下文承上文而省略，既給人輕便的感覺，又不害旨意的傳達。例如：

梁惠王曰：「寡人之於國也，盡心焉耳矣。河內凶，則移其

民於河東，移其粟於河內；河東凶，亦然。」（孟子 梁惠王上）

梁惠王的話可分兩段，前段寫「河內凶」，後斷寫「河東凶」。前後語意是相仿的，若作完全的陳述，必多重複。所以在說完「河內凶」一段之後，「河東凶」以下只說「亦然」，不說其他；然而不妨害旨意的傳達。這就是「蒙上省文」之法。有時前後文意不是相同，而是相反的關係，則只要加一否定字眼，其餘仍可省略。例如：

善問者如攻堅木：先其易者，後其節目；及其久也，相悅以解。不善問者反此。（禮記 學記）

「善問者」如此如此，那麼「不善問者」自然反此。一個「此」字代表了前文；加一「反」字，將前文之意翻轉過來，作者旨意便明確傳達了。這也是「蒙上省文」之理。

陸、互文見義

「互」之一字，在古代學者的觀念中，兼有「互易」、「互補」兩種意義。所謂「互易」，就是「同義詞互換」之意。例如：

故正得失，動天地，感鬼神，莫近於詩。（詩大序）

《正義》云：

天地云動，鬼神云感，互言耳。

意思是說：「動」、「感」二字同義；上文既云「動天地」，下文即云「感鬼神」。交換用字，避免重複。這實際就是上文介紹的「抽換詞面」的修辭技巧。

至於「互」字取「互補」之義者，例如：

> 「君何患焉？若闕地及泉，隧而相見，其誰曰不然？」公從之。公入而賦：「大隧之中，其樂也融融。」姜出而賦：「大隧之外，其樂也泄泄。」遂爲母子如初。（左傳 隱公元年）

《正義》云：

> 入言公，出言姜，明俱出入，互相見。

《左傳》原文，上寫「公入而賦」，未及「姜入」；下寫「姜出而賦」，未及「公出」。應有四句，只寫二句。《正義》的意思是說：上云「公」、下云「姜」；下云「出」、上云「入」。交錯互補，二句即等於四句。所以賈公彥《儀禮疏》云：

> 凡言互文者，是兩物各舉一邊而省文，故云互文。

平行的兩件事，各舉一邊而略去另一邊；因爲所舉、所略爲不相應之一邊，乃得藉「交互支援」而補足全面。這就是「互文見義」的道理。其功能也是在避免文辭的重複。

再看一個例子：

> 天下理無常是，事無常非。（列子 說符）

「天下之理，無常是，亦無常非；天下之事，無常非，亦無常是。」——這是原文的全部意思；但原文並不作如此繁複的表述。「理」的「無常是」，與「事」的「無常非」，兩者藉著「互補」的作用而表述了正反全部的意思。這就是「互文見義」的道理。

以上六種「錯綜」技巧，在實際文學作品中，數法並用的例子很多。例如：

> 輕輕的我走了　正如我輕輕的來　我輕輕的招手　作別西天的雲彩
>
> 悄悄的我走了　正如我悄悄的來　我揮一揮衣袖　不帶走一片雲彩（徐志摩　再別康橋）

此例包含兩個「抽換詞面」、兩個「交蹉語次」，及一個「變化句式」：「輕輕的」一詞，在次段換做「悄悄的」，詞義無別。又「我輕輕的招手」一句，在次段換做「我揮一揮衣袖」，句義無別。這兩處都屬「抽換詞面」的技巧。又「輕輕的」一詞（副詞），先出現在主詞（我）之前，後出現在主詞（我）之後。這是「交蹉語次」的技巧。次段「悄悄的」一詞，先後的位置也有同樣的變化。首段末句「作別西天的雲彩」，作肯定語氣；次段末句「不帶走一片雲彩」，作否定語氣。此一安排就是「變化句式」的技巧。

再看一例：

> 啊！那是新來的畫眉在那邊凋不盡的青枝上試它的新聲。
>
> 啊！這是第一朵小雪球花掙出了半凍的地面。

啊！這不是新來的潮潤沾上了寂寞的柳條？（徐志摩 我所知道的康橋）

此例包含兩個「抽換詞面」、一個「變化句式」：「那是」一詞，在次句換做「這是」，詞義無別。又「新來的」一詞，在次句換做「第一」，在第三句又換回「新來的」，詞義依舊。這都是「抽換詞面」的技巧。又次句「這是……。」作「直述肯定」語氣，第三句「這不是……？」作「疑問否定」語氣。此一安排，就是「變化句式」的技巧。

《習作》

一、君子謀道不謀食。耕也，餒在其中矣；學也，祿在其中矣。（論語 衛靈公篇）

「耕種」有荒歉的時候，也有豐收的時候；「讀書」有進爵的時候，也有失位的時候。天下沒有絕對的事。本文在「耕也」之下說「餒在其中」，在「學也」之下說「祿在其中」，都只各說一半。藉由「交叉互補」的作用而表出完全的意思來。這是「互文見義」的錯綜技巧。

二、春與猿吟兮，秋鶴與飛。（韓愈 羅池神碑銘）

這兩句都省略了一個「人稱」。這個「人稱」，是上句的「主詞」，是下句的「受詞」。上句「主詞」的位置在「與」字前，下句「受詞」的位置在「與」字後。試將兩句譯成白話：

春天，某與猿共吟；秋天，鶴與某齊飛。

兩句的「文法成分」相同，只是「排列的次序」不一。這是屬於「交蹉語次」的修辭法。

三、或命巾車，或棹孤舟；既窈窕以尋壑，亦崎嶇而經丘。（陶潛 歸去來辭）

這四個句子共寫了兩件事。第一件寫「命車經丘」（第一、四句），第二件寫「棹舟尋壑」（第二、三句）。句次作「1、3、4、2」，對原始次序「1、2、3、4」而言，是「交蹉語次」的修辭。

四、每一次出國是一次劇烈的連根拔起。但是他的根永遠在這裡；因為泥土在這裡、落葉在這裡、芬芳亦永永遠遠播揚自這裡。（余光中 蒲公英的歲月）

因爲「泥土在這裡、落葉在這裡、芬芳亦永永遠遠播揚自這裡」，可見「他的根永遠在這裡。」——這是作者的意思。原作在「因爲」之後，連續有三句作排比：前兩句等長，末句增加了「永永遠遠」四字，延伸了「句長」以結束全文。是爲「伸縮文身」的修辭技巧。

五、言之不足，故嗟嘆之；嗟嘆之不足，故永歌之；永歌之不足，不知手之舞之、足之蹈之。（詩大序）

此文由三個「因果複句」組成。因爲前後說的都是類似的旨意，所以基本上已呈現「排比修辭」的趨勢。但實際上，第三個「複句」並未順勢完成「排比修辭」，而改採「錯綜修辭」，作了兩個變化：其一是「變化句式」——變用「否定」語氣；其二是「伸縮文身」——增添文字，刻意拉長末句長度。假設不採用「錯綜修辭」，末句原本的寫法就可能是「永歌之不足，故手舞足蹈之。」——與前文「語氣」一致、「字數」相當，乃成一標準的「排比修辭」。

第十七課　用　典

本課要點：　借用前人之文辭

- 襲用
- 換字
- 移序
- 增字
- 減字
- 藏詞
- 重造
- 別義

借用前人之故事

- 承用
- 組合
- 變用（翻典）

借用前人之意念（暗典）

相關辭格

- 引用
- 仿擬

寫作文章，抄錄前人的言語來相參考、相啓發者，修辭學上稱爲「引用」。至於借用前人的文辭、故事、意念等，加以鎔鑄剪裁而成自己的語句者，則稱爲「用典」。所以「用典」的一個重要意義就是：所說的話不是憑空創造的，而是有所本、有來歷的。本課即由此切入，將「用典」修辭分作三個領域。一是「借用前人之文辭」，二是「借用前人之故事」，三是「借用前人之意念」。借用的資料，從「加工」到「成品」，途徑不一而足。所以本課在三個領域之下，分別又歸納出幾個類型，逐一舉例說明。讀者藉此可以略窺「用典」修辭之一斑。

壹、借用前人之文辭

「用典」之最終目標在造就自己的語句。所以，借來的文辭，除少數可以完全襲用之外，往往需加剪裁，方能適應新的文法環境。下面介紹的幾個類型，都是些具有普遍性的類型。

一、襲用

這是藉用前人文辭而不加剪裁的形式。例如：

繞朝贈之以策，曰：「子無謂秦無人；吾謀適不用也。」（左傳 文公十三年）

遠樹帶行客，孤城當落暉。吾謀適不用，勿謂知音稀。（王維 送綦毋潛落第還鄉）

「吾謀適不用」五字原屬《左傳》，又正好適合王維的詩句。所以直接襲用，不需剪裁。

再如：

對酒當歌，人生幾何？譬如朝露，去日苦多。（曹操 短歌行）

擬把疏狂圖一醉，對酒當歌，強樂還無味。衣帶漸寬終不悔，爲伊消得人憔悴。（柳永 蝶戀花）

「對酒當歌」一句原屬〈短歌行〉，又正好適合柳永的詞句。所以直接襲用，不需剪裁。

二、換字

在「不變文旨」的原則下，抽換前人既成的文字。例如：

聽其言洋洋滿耳，若將可遇；求之蕩蕩，如繫風捕影，終不可得。（漢書 郊祀志下）

王從事告了這張狀詞，指望有個著落。那知反用了好些錢鈔，依舊是捕風捉影。（石點頭 第十卷）

「捕風捉影」一語原作「繫風捕影」。變換用詞之後，文義依舊，不過文字更通俗罷了。

再如：

昔韓娥東之齊，匱糧。過雍門，鬻歌假食。既去，而餘音繞梁欐，三日不絕。左右以其人弗去。（列子 湯問）

漢武帝使董謁乘浪霞之輦以升壇，候王母。王母至，與宴，奏春歸之樂。謁乃聞王母歌聲而不見其形。歌聲繞梁三匝，乃上旁梁。草樹枝葉皆動，歌之撼也。（太平御覽 樂部 洞冥記）

「歌聲繞梁」一語原作「餘音繞梁欐」。文字雖改，文義依舊。信手寫來，不拘成文。

有時文字、文義俱變，但文旨未變。例如：

公問曰：「寡人使吏禁女子而男子飾，裂斷其衣帶。相望而不止者何也？」晏子對曰：「君使服之於內，而禁之於外，猶懸牛首於門，而賣馬肉於內也。」（晏子春秋 卷六）

懸羊頭，賣狗肉，賴人財。（元曲 鐵拐李）

「懸羊頭，賣狗肉」一語原作「懸牛首，賣馬肉」。「牛首」、「馬肉」變作「羊頭」、「狗肉」。文字、文義俱變，但文旨未變。都是「表裡不一」的意思。假設連「文旨」都變了，就可能脫離「用典」修辭之範圍了。例如：

子曰：「天生德於予，桓魋其如予何？」（論語 述而篇）

呂惠卿嘗語荊公曰：「公面有皯，用芫荽洗之，當去。」荊公曰：「吾面黑耳，非皯也。」呂曰：「芫荽亦能去黑。」荊公笑曰：「天生黑於予，芫荽其如予何？」（魏泰 東軒筆錄）

前後相較，文字、文義俱變，文旨也不相干；僅僅是保留同一「語型」而已。修辭學上稱此爲「仿擬」。所以陳望道《修辭學發凡》說：

為了滑稽嘲弄而故意仿擬特種既成形式的，名叫仿擬格。

三、移序

借用前人的文辭而將其「文字順序」酌予調動者。例如：

流水落花春去也，天上人間。（李煜 浪淘沙）

落花流水一春休。（趙長卿 鷓鴣天 送春）

「流水」與「落花」，在上文構成一個「聯合式的合義複詞」；下文雖易其次序作「落花流水」，仍是一個「聯合式的合義複詞」，文義依舊。

再如：

里諺曰：「欲投鼠而忌器」，此善喻也。鼠近於器，尚憚不投，恐傷其器，況於貴臣之近主乎！（漢書 賈誼傳）

君言且莫雠，他轍魚方困，器鼠難投，小哥不要反了面。（明 鄭若庸 玉玦記 投賢）

將一個「成語」用在一個句子中，彼此文法未必相容。「調整字序」是變化「文法結構」的方法之一。上文將「投鼠而忌器」調整爲「器鼠難投」，即屬此例。

再如：

七十子之徒，仲尼獨薦顏淵爲好學。然回也屢空，糟糠不厭。（史記 伯夷列傳）

僕妾餘粱肉，而士不厭糟糠。（史記 孟嘗君列傳）

「糟糠不厭」見於〈伯夷列傳〉，「不厭糟糠」見於〈孟嘗君列傳〉。意思相同，字序不一，就是因爲兩處「文法環境」不同的緣故。

四、增字

增字而不變文義者，往往是爲「調整音節」之故。一個字一個音節，音節的多寡，關涉到誦讀的節奏感。例如：

子路問曰：「子見夫子乎？」丈人曰：「四體不勤，五穀不分。孰爲夫子？」植其杖而芸。（論語 微子篇）

懷良辰以孤往，或植杖而耘耔。（陶潛 歸去來辭）

原作「植其杖而芸」，後作「植杖而耘耔」。因爲單一個「芸」字不合辭賦的句法，所以加配一字作「耘耔」。

再如：

桑維翰試進士，有司嫌其姓，黜之。或勸勿試，維翰持鐵硯示人曰：「鐵硯穿，乃改業。」（舊五代史 桑維翰傳考異）

坐破寒氈，磨穿鐵硯。（元 范子安 竹葉舟 楔子）

從「鐵硯穿」到「磨穿鐵硯」，除移動「字序」之外，更增加一「磨」字。這是為了「對偶成文」而作的改變。

增加文字，有時仍是為「增加文義」之故。例如：

旨酒嘉肴，羞庖膾炙，以御賓客。（漢 枚乘 七發）

所著歌詩頗多，其間綺麗得意者數百篇，往往膾炙人口。（宣和畫譜 卷十）

「膾炙」是「美味」之義；「膾炙人口」是「美味令人欣喜」之義。增加的文義，是「增加文字」的結果。

五、減字

「減字」與「增字」，方向相反，原理大致相當。例如：

萬金不換囊中術，上醫元自能醫國。（辛棄疾 菩薩蠻）

你可知道，愚兄是個敗子回頭金不換。（兒女英雄傳 第十五回）

「萬金不換」四字，意謂「可以珍貴」。在「敗子回頭金不換」（亦作「浪子回頭金不換」）中，為了七字成句，所以略去一個「萬」字。

再如：

幾度見詩詩盡好，及覽標格過於詩。平生不解藏人善，到處逢人說項斯。（唐 楊敬之 贈項斯詩）

若足下貿然逢人說項，是愛我者害我，譽我者毀我也。（徐枋 與王生書）

「項斯」是人名。原文「逢人說項斯」五字，減字作「逢人說項」，成端整的四字句。

減少文字，有時仍是爲「減少文義」之需。例如：

子曰：「敬鬼神而遠之。」（論語 雍也篇）

若遇此人，敬而遠之，以免殺身之禍。（老殘遊記 第十一回）

原文有「鬼神」等字，後來不以「鬼神」爲對象，故減字作「敬而遠之」。

六、藏詞

將一個眾所熟知的成語，加以節短，成精簡的表達方式，修辭學上稱爲「藏詞」。「藏詞」自然也是減少文字；但它與上述的「減字」，所據理由不同。例如：

是直用管窺天，用錐指地，不亦小乎！（莊子 秋水）

朕在弱冠，未知稼穡之艱難。區區管窺，豈能昭一隅哉！（後漢書 章帝紀）

「管窺」二字代表「用管窺天」四字。因爲「用管窺天」一語爲眾人熟知，即使只拈出「管窺」二字，也能達意。

再如：

若河決下流而東注；若駟馬駕輕車、就熟路。（韓愈 送石處士序）

足下重到樂城，駕輕就熟；惟試青萍於寸鐵，未免用違其長。（秋水軒尺牘 復陳憲章）

「輕車」藏了「車」字，「熟路」藏了「路」字。因爲不言可喻，所以藏之。像「臨深淵、履薄冰」（詩經 小雅 小旻），省作「臨深履薄」，都是一樣的道理。

七、重造

前述諸法都是「成語改造」之法；這裡講的「重造」，也是一個方法。不過此處異動的規模較上述諸法爲大。例如：

陳涉少時，嘗與人傭耕。輟耕之壟上，悵恨久之，曰：「苟富貴，無相忘！」傭者笑而應曰：「若爲傭耕，何富貴也？」陳涉太息，曰：「嗟乎！燕雀安知鴻鵠之志哉？」（史記 陳涉世家）

將軍勇冠三軍，才爲世出。棄燕雀之小志，慕鴻鵠以高翔。（丘遲 與陳伯之書）

丘遲之文，取《史記》之語「燕雀安知鴻鵠之志」，重新造句。所喻依舊，但句法已非原貌。

再如：

此皆亂國之所生也，不能勝數，盡荊越之竹猶不能書。（呂

氏春秋 明理）

罄南山之竹，書罪未窮；決東海之波，流惡難盡。（舊唐書 李密傳）

你惡端罄竹難書寫，貪穢熏天怎遮掩？（明 無名氏 四賢記 解綬）

上述資料，前後相較，可以看見「罄竹難書」一語成型之過程。

再如：

千丈之堤，以螻蟻之穴潰；百尺之室；以突隙之熛焚。（韓非子 喻老）

臣聞輕者重之端，小者大之源。故堤潰蟻孔，氣泄針芒。是以明者慎微，智者識幾。（後漢書 郭陳列傳）

後漢書「堤潰蟻孔」一語，顯是由韓非子「千丈之堤，以螻蟻之穴潰」一語變造而得。二者在字數上、文法上，都有明顯的差距。因此是屬「重造」的例子。

另有一種「重造」之法，是將兩個「成語」合為一個的。例如：

彷彿兮若輕雲之蔽月。（曹植 洛神賦）

秀色掩古今，荷花羞玉顏。（李白 西施）

此時魯小姐卸了濃妝，換了幾件雅淡衣服。蘧公孫舉眼細

看，眞有沈魚落雁之容，閉（蔽）月羞花之貌。（儒林外史 第十回）

「蔽月」、「羞花」二者本各自成語；因都是在形容「婦女之美」，所以有人合併之，成爲一個新語，作「蔽月羞花」。後又換字成「閉月羞花」。

八、別義

前述諸法是「改造文辭」而「不變文義」者。此處說的「別義」則是指：「不變文辭」而「別取文義」者。同樣的文字作異樣的解釋，本即是語文中常有的現象。所以「同文異用」的例子就不能避免了。例如：

一歲中往來過他客，率不過再三過。數見不鮮，無久慁公爲也。（史記 酈生陸賈列傳）

從來傳奇家，非言情之文，不能擅場；而近乃子虛烏有，動寫情詞贈答，數見不鮮。（洪昇 長生殿序）

「數見不鮮」，原始意義是「時常見面之客人，不必鮮美的食物相待」。後來的意思變成「常見的事物，不覺新鮮」。雖屬「望文生義」之謬；但就字義而言，不可謂不通也。

再如：

五步一樓，十步一閣。廊腰縵迴，檐牙高啄。各抱地勢，鉤心鬥角。（杜牧 阿房宮賦）

鉤心鬥角之事層出不窮，眞使人不勝其擾。(魯迅 致鄭振鐸)。

「鉤心鬥角」原義是說「宮殿構築之精巧」；後世變爲「用心機鬥爭」的意思。雖非原義，卻可能比原義更精妙。

「別取新義」的例子，有時新、舊二義甚至相反。例如：

古語所謂「閉門造車，出門合轍」，蓋言其法之同。(朱熹 中庸或問)

因爲借用外國名字，苦於不貼切；自定名字，又嫌閉門造車，怕不合式。(朱自清 中國文評流別述略)

「閉門造車」，從「出門合轍」之義，變成「出不合轍」之義。這種別解，學者雖有稱之爲「斷章取義」者(見傅隸僕《修辭學》)，但無貶責之意。

貳、借用前人之故事

借用前人所經歷或所編造的故事，來表達自己的意思；重點在「用其事」，不在「用其文」。這是「用典」的另一個領域。借用故事，有完全承用的，也有加工變造的，方法不一。下面分別舉例說明。

一、承用

前人的故事多半靠文字記載、流傳。所以承用前人的故事，難免也承用其部分文字。例如：

過江諸人，每於佳日，輒相邀出新亭，藉卉飲宴。周侯中坐而歎曰：「風景不殊，正自有山河之異！」皆相視流涕。（世說新語 言語）

新亭之血淚漸乾，東山之絲竹日鬧：臣忘中原矣！（史可法請進取疏）

「新亭之血淚漸乾」一句，是借東晉的故事來批評當前朝政的。用的是前人的故事，不是前人的文辭。

再如：

鵬之背，不知其幾千里也。怒而飛，其翼若垂天之雲。是鳥也，海運，則將徙於南冥。南冥者，天池也。……鵬之徙於南冥也，水擊三千里，摶扶搖而上者九萬里。（莊子 逍遙遊）

燕丹求歸，秦王曰：「烏頭白，馬生角，乃許耳。」（史記刺客列傳贊索引）

鵬翼張風期萬里，馬頭無角已三年。（元稹 送友封詩）

元稹詩，用了兩個故事：上句用的是《莊子·逍遙遊》的寓言；下句用的是《史記·司馬貞索引》的記載。也是用前人的故事，不是用前人的文辭。

再看一例：

越王好勇，而民多輕死；楚靈王好細腰，而國中多餓人。

（韓非子 二柄）

落魄江湖載酒行，楚腰纖細掌中輕。（杜牧 遣懷）

「楚腰」一詞用的是《韓非子》的故事；詞本身是杜牧所自造，亦非借用。

二、組合

「旨趣相當」的兩個故事，被組合使用。所用的文辭當然是新造的。例如：

胤恭勤不倦，博學多通。家貧不常得油。夏夜則練囊盛數十螢火以照書，以夜繼日焉。（晉書 車胤傳）

孫康少清介，交遊不雜。家貧無油，嘗映雪讀書。後官至御史大夫。（晉書 孫康傳）

我相公雖居鳳閣鸞臺，常在螢窗雪案。退朝之暇，手不停批；閑居之際，口不絕吟。（琵琶記 孝婦題眞）

「螢窗雪案」一語乃是組合「車胤螢照」、「孫康映雪」兩個故事而成的。故事雖二，旨趣則一。都在說明「苦學」之精神。

再如：

孫敬，字文寶，好學，晨夕不休。及至眠睡疲寢，以繩繫頭，懸屋梁。後爲當世大儒。（太平御覽 卷三六三 引漢書）

（蘇秦）讀書欲睡，引錐自刺其股，血流至足。（戰國策 秦策

一）

豈不聞古之人懸梁刺股，以志於學。（明 徐霖 繡襦記 剔目勸學）

「懸梁刺股」一語乃是組合「孫敬」、「蘇秦」兩個人的故事而成的。故事雖異，旨趣實同。所以組合之後，仍只是一個意思。

三、變用

借用前人的故事而變化運用。舊典新用，也有學者稱之爲「翻典」。例如：

蜀人楊得意爲狗監，侍上。上讀子虛賦而善之，曰：「朕獨不得與此人同時哉？」得意曰：「臣邑人司馬相如自言爲此賦。」上驚，乃召問相如。（史記 司馬相如傳）

楊意不逢，撫凌雲而自惜；鍾期既遇，奏流水以何慚？（王勃 滕王閣序）

司馬相如因楊得意（減字作「楊意」）之引見，受知漢武。王勃借此故事以自喻；然而稱「楊意不逢」者，實已變化原典之意了。

再如：

趙且伐燕，蘇代爲燕謂惠王曰：「今者臣來過易水，蚌方出曝，而鷸啄其肉，蚌合而箝其喙。鷸曰：「今日不出，明日不出，即有死蚌。」蚌亦謂鷸曰：「今日不出，明日不出，即有死鷸。」兩者不肯相舍，漁人得而並擒之。（戰國策 燕

策）

若彼操鷸蚌之二矛，我睡漁人之一枕；失今不圖，後將有不及圖者。（史可法 請進取疏）

鷸蚌相爭的結果，「漁人得而並擒之」。史可法借此故事以喻時局；但將結局寫成「我睡漁人之一枕」。這也是變化用典之例。

參、借用前人之意念

讀前人之書，自然接受前人之思想、觀念。當訴諸筆端，發爲個人言論時，儘管表面像是自鑄偉詞，裡面實是其來有自也。這種情形是「用典」的另一領域。它借用的不是前人的「文辭」，也不是前人的「故事」，而是前人的「意念」。因借用前人的「意念」而別造新辭，所以也稱「暗典」，或「奪胎換骨」。例如：

爲山九仞，功虧一簣。（尙書 旅獒）

子曰：「譬如爲山，未成一簣，止，吾止也。」（論語 子罕篇）

孟子曰：「有爲者辟若掘井。掘井九軔而不及泉，猶爲棄井也。」（孟子 盡心上）

孔子「譬如爲山」的念頭，可能來自《尙書》「爲山九仞」之喻。孟子「掘井」之喻雖不同於「爲山」，但那「前功盡棄」的觀念則如出一轍。這就是「借用前人的意念」。

再如：

孟子曰：「孔子登東山而小魯；登太山而小天下；故觀於海者難為水；遊於聖人之門者難為言。」（孟子 盡心上）

曾經滄海難為水；除卻巫山不是雲。（元稹 離思）

元稹此詩，儘管可以說是自鑄偉詞；但這兩句所陳述的「意念」，顯然得自孟子。

後代學者在闡述前輩思想時，這類辭法更多。例如：

親親而仁民，仁民而愛物。（孟子 盡心上）

民吾同胞，物吾與也。（張載 西銘）

「民胞物與」是宋儒張載的名言。而此言乃是用來闡揚孟子「仁民愛物」的思想的。雖不襲用孟子之「文辭」，實是承襲孟子之「意念」。

「用典」修辭的運作方式，千變萬化。所以上面所介紹的幾個類型，未必能概括全體。讀者以此為憑藉，不以此為限界，則可望更上一層樓。

《習作》

一、主上屈法伸恩，吞舟是漏。（丘遲 與陳伯之書）

《史記·酷吏列傳》云：「網漏於吞舟之魚」，此比喻法網寬疏。「吞舟之魚」是極言魚之大。因爲是眾所熟悉的成語，所以丘遲之文雖省作「吞舟」二字，文義不全，但仍能達意。同時也配合了該文的句構。這是屬於「借用前人之文辭」中的「藏詞」之法。

二、裋褐穿結，簞瓢屢空。（陶潛 五柳先生傳）

《論語·雍也篇》云：「賢哉回也！一簞食，一瓢飲，在陋巷。」〈先進篇〉云：「回也其庶乎！屢空。」《論語》兩處記載孔子對顏回的讚嘆。陶潛「簞瓢屢空」一語是擷取兩處的文字而成的。這是屬於「借用前人之文辭」中的「重造」之法。

三、體其受而歸全者，參乎！（張載 西銘）

《孝經·開宗明義》云：「身體髮膚，受之父母，不敢毀傷。孝之始也。」《禮記·祭義》云：「父母全而生之，子全而歸之，可謂孝矣。」《孝經》、《禮記》兩書陳說孝道。張載「體其受而歸全」一語是擷取兩書的文字而成的。所以這也是屬於「借用前人之文辭」中的「重造」之法。

四、獨夫之心，日益驕固。（杜牧 阿房宮賦）

《尚書·泰誓下》云：「獨夫受（紂），洪惟作威，乃汝世仇。」《孟子·盡心下》云：「殘賊之人，謂之一夫。」「獨夫」

原指商之末主「紂」一人。到孟子書上，變成「殘賊之人」。所以杜牧文中的「獨夫」，已非指「商紂」，而指「秦皇」。這是屬於「借用前人之文辭」中的「別義」之法。

五、酌貪泉而覺爽，處涸轍以猶歡。（王勃 滕王閣序）

《莊子·外物篇》云：「周昨來，有中道而呼者。顧視車轍中有鮒魚焉，曰：『我，東海之波臣。君豈有斗升之水而活我哉？』」文中寫鮒魚將渴死於車轍之中。王勃雖用此典，卻說「處涸轍以猶歡」。這是變化原意而使用的，所以是屬「借用前人之故事」中的「變用」（翻典）之法。

六、故知：予之為取者，政之寶也。（管子 牧民）

《老子·八十一章》云：「既以爲人，己愈有；既以與人，己愈多。」上述《管子》的文辭雖不同於《老子》，但其思想觀念則出自《老子》。所以這是屬於「借用前人之意念」的方法，亦稱「暗典」。

第十八課　綜合性辭格（一）
婉曲

本課要點：

- 保留
  - 設問
  - 遮撥
  - 揣想
  - 吞吐
- 迂迴
  - 烘托
  - 反托
  - 倒反
  - 暗示
- 替代
  - 譬喻
  - 借代
  - 用典
  - 雙關

修辭的課題可分爲「修辭技巧」與「修辭功能」兩個領域。「修辭技巧」是指修辭的動作；「修辭功能」是指修辭的效果。用文法觀念來說，表「動作」的文字是動詞，表「效果」的文字是形容詞。那麼，「婉曲」是委婉、曲折之義，是形容詞，不是動詞。所以「婉曲」應指修辭的「效果」，不指修辭的「動作」。易言之，它是「修辭功能」之名，不是「修辭技巧」之名。

有種種的修辭技巧，就有種種的修辭功能。但一個技巧不限於一種功能；一種功能也不限於一個技巧。就「婉曲」而言，能達成此一功能的技巧很多。所以，如果視「婉曲」爲一個辭格之名，那麼它就是一個「綜合性的辭格」。本課介紹的十二個修辭技巧，都是能達成「婉曲」之功能的。下文依其性質之異同遠近，歸納作三大類：第一類名爲「保留」；第二類名爲「迂迴」；第三類名爲「替代」。每一類，屬下有四個修辭技巧，各有舉例以爲說明。

壹、保留

「婉曲」的原理不外「話不說盡」與「話不直說」兩個。「保留」就是「話不說盡」的意思。這是造就「婉曲功能」的一種方法。屬下有四個技巧，分別介紹之。

一、設問

普通的「問」是「不知而問」；修辭的「問」是「雖知亦問」，因此名爲「設問」。同一個意思，若「直述」則明朗；若「設問」則含蓄。所以「設問」可以造就委婉、曲折的效果。看兩個例子：

十年離別後，長大一相逢。問姓驚初見，稱名憶舊容。別來滄海事，語罷暮天鐘。明日巴陵道，秋山又幾重？（李益 喜見外弟又言別）

相思楚天外，夢寐楚猿吟。更落淮南葉，難爲江上心。衡陽問人遠，湘水向君深。欲逐孤帆去，茫茫何處尋？（劉長卿 逢郴州使因寄鄭協律）

這兩首詩的尾句：「秋山又幾重？」與「茫茫何處尋？」都以「設問」作收。因爲有問，所以意未盡。若分別改寫作「秋山千萬重」及「茫茫無處尋」，即因「直述」之語氣而了無餘蘊了。

二、遮撥

「遮撥」就是「否定」、「排除」之義。當我們說「是這個」時，那就不再是別的了；但是當我們說「不是這個」時，那到底是哪一個，就仍未確定。所以，「否定」的表達方式能有所保留；「肯定」的表達方式就了無餘意了。這就是「遮撥」的道理。看兩個例子：

尊前擬把歸期說，未語春容先慘咽。人生自是有情癡，此恨不關風與月……（歐陽修 玉樓春）

……聞道玉門猶被遮，應將性命逐輕車。年年戰骨埋荒外，空見葡萄入漢家。（李頎 古從軍行）

第一例，「此恨不關風與月」是句法上的否定；第二例，「空見葡萄入漢家」是內容上的否定。若是「不關風與月」，那是「關什麼呢？」若是「只見葡萄入漢家」，那是「未見什麼呢？」凡此都是「語帶保留」的寫法。

三、揣想

揣測、想像，以「不確定」、「超現實」的語態表達，所以保有相當的可能性。前者如：

> 獨上江樓思悄然，月光如水水如天。同來玩月人何在？風景依稀似去年。（趙嘏 江樓感舊）

> 君家住何處？妾住在橫塘。停船暫借問，或恐是同鄉。（崔顥 長干行）

第一例，「風景依稀似去年」的「依稀」二字，與第二例「或恐是同鄉」的「或恐」二字，都表達了「不確定性」。因爲不確定，所以才有「再思索」的餘地。

另外還有一種「推想」、「超現實」的語態，也能造就類似的效果。例如：

> 折戟沈沙鐵未消，自將磨洗認前朝。東風不與周郎便，銅雀春深鎖二喬。（杜牧 赤壁）

> 雲母屏風燭影深，長河漸落曉星沈。嫦娥應悔偷靈藥，碧海青天夜夜心。（李商隱 嫦娥）

翻過既成的事實，作一假想：第一例假想「東風不與周郎便」；第二例假想「嫦娥應悔偷靈藥」。在假設的條件下，事情可有如何的發展？這問題是作者留給讀者的。

四、吞吐

「吞吐」是個「偏義複詞」，取義在「吞」字。只說話頭，嚥了話尾。因為不便說，所以欲言又止。例如：

> 魯欲使慎子為將軍。孟子曰：「不教民而用之，謂之殃民。殃民者，不容於堯舜也。一戰勝齊，遂有南陽，然且不可……」慎子勃然不悅曰：「此則滑釐所不識也。」

魯用慎子，欲攻齊。孟子不便干預，所以一段話沒說完，只說到「然且不可」。若用現代標點法，「然且不可」之下宜用「刪節號」，表示話沒說完。

再看一例：

> 正月，諸侯及將相，相與共請尊漢王為皇帝。漢王曰：「吾聞：帝，賢者有也。空言虛語，非所守也。吾不敢當帝位。」群臣皆曰：「大王起微細，誅暴逆，平定四海；有功者輒裂地而封為王侯。大王不尊號，皆疑不信。臣等以死守之。」漢王三讓，不得已。曰：「諸君必以為便便國家……」甲午，乃即皇帝位。（史記 漢高祖本紀）

諸侯勸進，漢王三讓，不得已。難為之情，欲言又止。「諸君必以為便便國家」就是說：「諸君若以為這樣有利於國家……」這是沒說完全的一句話。

貳、迂迴

「保留」是「話不說盡」，「迂迴」是「話不直說」。二者都能致「婉曲」，但技巧不同。「迂迴」屬下也有四個技巧，分別介紹之。

一、烘托

「客體」與「主體」之間有某種「因果」關係。今不說「主體」而說「客體」；藉由「客體」托出「主體」。此種表達方式就是「烘托」。看兩個例子：

夕殿螢飛思悄然，孤燈挑盡未成眠。遲遲鐘鼓初長夜，耿耿星河欲曙天。（白居易 長恨歌）

曲終收撥當心畫，四弦一聲如裂帛。東船西舫悄無言，惟見江心秋月白。（白居易 琵琶行）

第一例，主體是「太上皇」，但寫的是「客體」——夕殿、孤燈、鐘鼓、星河。第二例，主體是「琴聲」，但寫的是「客體」——東船、西舫、江心、秋月。由描繪「客體」，輾轉來托出「主體」，所以得「婉曲」之致。

二、反托

當「客體」與「主體」成一種「相反」的關係時，雖然作者筆墨主要落在「客體」，但終究是否定「客體」而托出「主體」。此即是「反托」。「反托」技巧不同於「烘托」；但其爲「迂迴」的表達方式則相同。舉個例看：

> 是時秦兵既盛，都下震恐。謝玄入問計於謝安，安夷然答曰：「已別有旨。」既而寂然，玄不敢復言，乃令張玄重請。安遂命駕，出遊山墅，親朋畢集。與玄圍棋賭墅。安棋常劣於玄；是日玄懼，便爲敵手，而又不勝。安遂遊陟，至夜乃還。（資治通鑑 肥水之戰）

此文，主體是「謝安」，客體是「謝玄」。大戰前夕，「謝玄」慌亂，「謝安」鎮定。兩人心情相反。作者描述「謝玄」的慌亂，藉以托顯「謝安」的鎮定。這就是「反托」之法。

再如：

> 今歲春雪甚盛，梅花爲寒所勒，與杏、桃相次開花，尤爲奇觀。石簣數爲余言：「傅金吾園中梅，張功甫玉照堂故物也，急往觀之。」余時爲桃花所戀，遂不忍去湖上。（袁宏道 西湖雜記）

此文，主體是「桃花」，客體是「梅花」。「梅」與「桃」原有尊卑之分；作者乃捨「梅」就「桃」。此一反轉，「西湖桃花」的殊勝，便益見凸顯。

三、倒反

「倒反」是指「正話反說」。因「反說」而多了一個轉折。反說而能不失其解，是因爲字裡行間仍有線索，所以讀者能有所依循。例如：

> 晉侯、秦伯圍鄭，以其無禮於晉，且貳於楚也。晉軍函陵，秦軍氾南。佚之狐言於鄭伯曰：「國危矣！若使燭之武見秦君，師必退。」公從之。辭曰：「臣之壯也猶不如人；今老矣，無能爲也矣。」公曰：「吾不能早用子，今急而求子，是寡人之過也。然鄭亡，子亦有不利焉。」許之，夜縋而出。（左傳 僖公三十年）

「臣之壯也猶不如人」，這是燭之武的「正話反說」，旨在表達他對朝廷的不滿。所以在鄭伯謝罪之後，他就答應去見秦君了。

再如：

> 始皇議欲大苑囿，東至函谷，西至雍、陳倉。優旃曰：「善！多縱禽獸於其中，寇從東方來，令麋鹿觸之足矣。」（史記 滑稽列傳）

優旃說「善」，這是正話反說。何以知之？因爲他緊接著提出的理由（「寇從東方來，令麋鹿觸之」），是異乎常識而滑稽可笑的。

四、暗示

示而不明，是謂「暗示」。所以「暗示」通常就表現成「若有若無」、「似是而非」的狀態。讀者不能即時會意，必待揣摩、推敲而後可。例如：

> 夏五月，鄭伯克段于鄢。（春秋經 隱公元年）

> 書曰：「鄭伯克段于鄢。」段不弟，故不言弟。如二君，故曰克。稱鄭伯，譏失教也。（左傳 隱公元年）

孔子作《春秋》，有所謂「一字之褒、一字之貶」。其「鄭伯克段」一語，若依上述《左傳》的解說，便暗含諸多貶責之義。

再如：

> 簾外雨潺潺，春意闌珊。羅衾不耐五更寒，夢裡不知身是客，一晌貪歡。
>
> 獨自莫憑欄，無限江山，別時容易見時難。流水落花春去也，天上人間。（李煜 浪淘沙）

「流水落花春去也，天上人間」二句旨意不明。巴壺天先生說：

> 流水兩句即承上說不久於人世之意。水流盡矣，花落盡矣，春歸去矣，而人亦將亡矣。（唐宋詩詞選）

這是學者的解讀，原作究未明示。

參、替代

「替代」與「迂迴」同屬於「話不直說」的原理；但「迂迴」

是「曲折地說」，「替代」是「代替地說」，在技術層面，略有不同。

不說「本身」而說「替身」；讀者由「替身」轉回「本身」，然後會意。如此的表達方式，亦能造就委婉、曲折的趣味。「替代」屬下也有四個技巧，分別介紹之。

一、譬喻

用「喻依」代「喻體」以表意；讀者須從「喻依」回溯「喻體」，然後得解。看兩個例子：

> 客有吹洞簫者，倚歌而和之；其聲嗚嗚然，如泣、如訴、如怨、如慕。餘音裊裊，不絕如縷。（蘇軾 赤壁賦）

> 午刻入昭慶。茶畢，即棹小舟入湖。山色如娥，花光如頰，溫風如酒，波紋如綾。纔一舉頭，已不覺目酣神醉。此時欲下一語描寫不得，大約如東阿王夢中初遇洛神時也。（袁宏道 西湖雜記）

第一例寫「簫聲」。除「嗚嗚然」爲直接狀聲之外，其餘用了許多譬喻，然後盡致。讀者由「喻依」去揣摩「喻體」，輾轉會意，所以得「婉曲」之趣。第二例寫「景色」，也用了許多譬喻。尤其末尾說：「此時欲下一語描寫不得，大約如東阿王夢中初遇洛神時也。」因爲無法逕直描寫，乃覓用「替代」之法——取譬相喻，然後盡意。

二、借代

事物之名號有「替代之稱呼」。使用「替代之稱呼」，即爲「借代」。讀者由「代稱」回溯「本名」，然後會意，「婉曲」之致即在其中。例如：

> 公子將適齊，謂季隗曰：「待我二十五年，不來而後嫁。」對曰：「我二十五年矣！又如是而嫁，則就木焉。」（左傳 僖公二十三年）

「就木」是「入棺」的代稱，意指「死亡」。讀者需由「就木」上推其所代表之義——那是作品所未直接表出的。

再如：

> 先軫朝，問秦囚。公曰：「夫人請之，吾舍之矣。」先軫怒曰：「武夫力而拘諸原，婦人暫而免諸國；墮軍實而長寇讎，亡無日矣！」不顧而唾。（左傳 僖公三十三年）

先軫口中的「婦人」就是「文公夫人」。因爲憤怒，所以無禮。讀者由此去領會文中人物的語意、心態，可得「婉曲」之趣。

三、用典

借用前人的「文辭」或「故事」，來表達一己之意，是爲「用典」。這也是「替代」的一種方法。例如：

> 東籬把酒黃昏後，有暗香盈袖。莫道不銷魂，簾捲西風，人比黃花瘦。（李清照 醉花陰）

「暗香」是什麼？「黃花」又是什麼？因爲首句用的是陶淵明的典；陶淵明〈飲酒詩〉有云：

採菊東籬下，悠然見南山。

由此可知：那「黃花」是指「菊花」，那「暗香」是指「菊香」。如此的表達方式，當然曲折、含蓄。再如：

眼前紅日又西斜，疾似下坡車。不爭鏡裡添白雪，上床與鞋履相別。休笑鳩巢計拙，葫蘆提一向裝呆。（馬致遠 秋思）

「鳩巢計拙」用的是《方言》的典。《方言》有云：

鳩，俗謂之拙鳥。不善營巢，取他鳥巢居之。

由此知「鳩巢計拙」就是「不善營生」之義。這不但是「用典」，而且是「用喻」。婉轉表意，良富趣味。

四、雙關

一語雙關，言在此而意在彼，所以曲折、婉轉。例如：

青荷蓋淥水，芙蓉葩紅鮮。郎見欲採我，我心欲懷蓮。（子夜夏歌）

「荷心懷蓮」，「我心懷憐」。「蓮」、「憐」諧音，所以一字可得二義：字表一義，字裡一義。上文是藉「說荷」、「說蓮」，來傳達男女情意的。

再如：

黃河遠上白雲間，一片孤城萬仞山。羌笛何需怨楊柳，春風不度玉門關。（王之渙 涼州詞）

春風不到，楊柳不綠。所以「不怨楊柳怨春風」——這是本詩的表層意義。《升庵詩話》說：

此詩言恩澤不及於邊塞，所謂君門遠於萬里也。

可見本詩的裡層，別有一義。所謂「意在言外」，所以委婉也。

《習作》

一、懷君屬秋夜，散步詠涼天。山空松子落，幽人應未眠。（韋應物 秋夜寄邱員外）

末句「幽人應未眠」是「遮撥」兼「揣想」的修辭法。不說「幽人在做什麼」，而說「幽人不在做什麼」。所以除去「睡眠」之外，都是我們思索、想像的空間。而且原文用「應」字，這是「揣想」之詞。「揣想」加「遮撥」，所以使作品含蓄豐富。

二、越王句踐破吳歸，義士還家盡錦衣。宮女如花滿春殿，只今惟有鷓鴣飛。（李白 越中覽古）

全詩四句，前三句寫「榮耀的降臨」，後一句寫「榮耀的逝去」。後者才是作品的「主體」，前者乃是作品的「客體」。主、客旨意相反。作者筆墨主要落在「客體」；藉此來托顯「主體」，所以是「反托」之法。此外，末句還有一個「遮撥」的用法：「只今惟有鷓鴣飛」——除了「鷓鴣飛」，還應該有什麼呢？——留了玩想的空間給讀者。

三、湖上諸峰當以飛來為第一。高不逾數十丈，而蒼翠玉立：渴虎、奔猊不足為其怒也；神呼、鬼立不足為其怪也；秋水、暮煙不足為其色也；顛書、吳畫不足為其變幻詰曲也。（袁宏道 西湖雜記）

文中寫「飛來峰」的特殊，連用四個「不足爲」來形容。這是四個「譬喻」兼「遮撥」的修辭法。有些學者稱之爲「反喻」，意思就是說：一面譬喻它，又一面加以否定。因爲實際的情況還超出所做的「譬喻」之外，所以作者要讀者越過此「譬喻」，作進一步的想像。

第十九課　綜合性辭格（二）
警策

本課要點：

用字
- 諧韻
- 疊字
- 字數

用詞
- 複辭
- 轉品
- 轉化

用句
- 倒裝
- 對舉
- 排偶
- 層遞

用材
- 譬喻
- 單襯（對襯）
- 反襯（反映）
- 誇飾

一篇文章是作者的一段心路歷程。「開花」與「結果」是植物生命過程中最美麗的時刻；而一篇文章的「最美麗」的時刻，就是當作品的「知性」與「感性」進展到最精要的時候。這個時候應該具足了兩個條件，一是「內容精要」，二是「形式巧妙」。凡是具備這兩個條件之所在，就是一篇文章的「警策」之所在。陸機〈文賦〉說：

立片言而居要，乃一篇之警策。

修辭學上的「警策格」，名義由此而來。

從文法觀念說，「警策」一名是狀態詞，不是動詞；所以它應屬「修辭功能」之名，不屬「修辭技巧」之名（參看第十八課）。能造就這種功能的修辭技巧頗多，所以「警策」也是一個「綜合性的辭格」。本課共介紹十四個技巧；依其性質之遠近異同，歸納作四個領域，一是「用字」，二是「用詞」，三是「用句」，四是「用材」。下文分別說明之。

壹、用字

構造一篇文章，最小的單位是「文字」。藉「文字的運用」來造就「警策」，諸如「諧韻」、「疊字」、「字數」等都是可資利用的工具。分別舉例說明：

一、諧韻

兩個句子諧韻與否，不影響文義，但影響誦讀的感覺。例如：

鄙諺曰：「長袖善舞，多錢善賈。」此言多資之易爲工也。（韓非子 五蠹）

畜生之言，何足爲信？我已數月來知之矣。見怪不怪，其怪自壞！（洪邁 夷堅三志 卷二）

我想來，先下手爲強，後下手遭殃。（關漢卿 單刀會）

第一例「長袖善舞，多錢善賈」，第二例「見怪不怪，其怪自壞」，第三例「先下手爲強，後下手遭殃」，寫的都是些人生經驗。雖非作詩，卻刻意諧韻，所以讀來倍增精神。

二、疊字

「疊字」用途甚廣，但必須是精心取用的，才見佳妙。例如：

嫦娥應悔偷靈藥，碧海青天夜夜心。（李商隱 嫦娥）

寒波淡淡起，白鳥悠悠下。（元好問 穎亭留別）

細看來不是楊花，點點是，離人淚。（蘇軾 水龍吟）

「夜夜」、「淡淡」、「悠悠」、「點點」都是普通詞彙；但用在上文之中，殊爲旖旎多姿，所以爲「警策」。

三、字數

一個字一個音節。句子的字數，關涉到文章的節奏。調整節奏以配合文義，是造就「警策」的方法之一。例如：

暮春三月，江南草長，雜花生樹，群鶯亂飛。（丘遲 與陳伯之書）

既是你衆代表代他苦苦哀求——殺人不過頭點地——如今權且寄下他這顆驢頭。（文康 兒女英雄傳）

第一例寫「江南三月」，一連四個「四字句」，嚴整精美，所以爲「警策」。其中第三句「雜花生樹」四字，若依標準文法，實應作「雜花生於樹」五字。爲了遷就嚴整的形式，乃裁五作四。第二例，「殺人不過頭點地」七字句，是個獨立單位。仿照「七言詩」的形式，乃是爲凸顯它在該文中的特殊意義與地位。

再看兩例：

奴卒廝役，亦加以爵位。每朝會，貂、蟬盈座。時人爲之諺曰：「貂不足，狗尾續。」（晉書 趙王倫傳）

我深知你們軟的欺，硬的怕；背著我的眼，還怕誰？（紅樓夢 第六十八回）

第一例，「貂不足，狗尾續」，一對整齊諧韻的「三字句」，是文中警策。若以通常語法表述，大約是作「貂尾不足，以狗尾續之」。前後相較，可以看出原作「裁句」的工夫。第二例，「軟的欺，硬的怕」，道理相同；都因此凸顯了它們在一段文字之中的特殊地位。

貳、用詞

文字，能表現「概念」的，始稱爲「詞」。由「詞的運用」來造就一篇之「警策」，方法有「複辭」、「轉品」、「轉化」等。分別說明之。

一、複辭

詞彙，在一段文字中重複使用者，稱爲「複辭」。詞彙重複使用，原也是語文活動的常事；但精心使用而能生特殊效果者，始爲修辭之藝術。例如：

今朝有酒今朝醉，明日愁來明日愁。（唐 羅隱 自遣）

山外青山樓外樓，西湖歌舞幾時休。（宋 林升 西湖）

「今朝有酒今朝醉」、「山外青山樓外樓」都是警句；而其精彩處即在句中「詞彙」的巧妙重複。

再舉兩個例：

回首向來蕭瑟處，歸去，也無風雨也無晴。（蘇軾 定風波）

此情無計可消除，纔下眉頭，卻上心頭。（李清照 一翦梅）

兩首詞中，「也無風雨也無晴」、「纔下眉頭，卻上心頭」，並爲「警策」所在。其精彩處，在前者是「也無」二字的複用；在後者是「頭」字的複用。

二、轉品

「轉品」就是指「詞性變化」。「詞性變化」也是語文活動之常事；但巧妙的運用可以振作文句的精神。例如：

筆落驚風雨，詩成泣鬼神。（杜甫 寄李白二十韻）

漠漠水田飛白鷺，陰陰夏木囀黃鸝。（王維 積雨輞川莊作）

第一例的詩眼是「驚」、「泣」二字。二字是「普通動詞」，在上文中轉作「使役動詞」。取義不同於尋常，所以別緻。第二例的詩眼是「飛」、「囀」二字。二字本是「不及物動詞」，但出現在上文中的位置，卻屬「及物動詞」。因爲翻新用法而致勝概也。

三、轉化

「轉化」是指：「詞義的適用領域」之轉變。此雖不同於「轉品」；但，因翻新用法而致趣，道理是相當的。例如：

蠟燭有心還惜別，替人垂淚到天明。（杜牧 贈別）

綠楊煙外曉雲輕，紅杏枝頭春意鬧。（宋祁 玉樓春）

試問捲簾人，卻道海棠依舊。知否知否，應是綠肥紅瘦！（李清照 如夢令）

第一例的「垂淚」，用指「蠟燭」；第二例的「鬧」，用指「春意」；第三例的「肥」、「瘦」，用指「綠葉」與「紅花」。這些詞彙都因「轉變適用領域」而致欣趣。

參、用句

文法的規模，「句」大於「詞」。由「句的運用」來造就「警策」，方法有「倒裝」、「對舉」、「排偶」、「層遞」等。分別說明之。

一、倒裝

「倒裝」是指「句法構造異乎常序」。文義內容不變，變的是表達方式。方式不同，神彩就不同。例如：

香稻啄餘鸚鵡粒，碧梧棲老鳳凰枝。（杜甫 秋興八首之八）

首句寫「糧食富饒」，次句寫「景色美麗」。若依文法常序，兩句當寫作：

鸚鵡啄餘香稻粒，鳳凰棲老碧梧枝。

前後相較，原作別裁有緻。

再如：

霧失樓台，月迷津渡。（秦觀 踏莎行）

首句是說「樓台迷失於霧色中」；次句是說「津渡迷失於月色中」。所以主詞分別是「樓台」與「津渡」，而非「霧」與「月」。原作是「倒裝」的句法。

再如：

東籬把酒黃昏後，有暗香盈袖。（李清照 醉花陰）

首句的意思是「黃昏後把酒東籬下」；次句的意思是「有盈袖的暗香」。都因變化常序而見韻緻。

二、對舉

若前後兩句，在邏輯上有「涵蘊」（implication）的關係，在文法上有「類似」的型態；並列對舉的結果，便有一種莊嚴的氣質。例如：

志意修則驕富貴，道義重則輕王公。內省而外物輕矣。傳曰：「君子役物，小人役於物。」此之謂矣。（荀子 修身）

「君子役物」與「小人役於物」二句，在文法上是「主動句」與「被動句」的關係；在意義上有「涵蘊」的關係。二句並列，姿態岸然。

再如：

臣願陛下虛懷易慮，開心見誠。疑則勿用，用則勿疑。（宋 陳亮 論開誠之道）

「疑則勿用」與「用則勿疑」二句，在文法上是同一句型；在意義上也是「涵蘊」的關係。二句對舉，表現一種確然的信念。

三、排偶

「排比」與「對偶」雖有分別，但大體是使用「整齊的句構」

來表達一個旨意。它的神彩就表現在前後句的平衡、對稱上。例如：

仁者見之謂之仁，知者見之謂之知。(周易 繫辭上)

里名勝母，曾子不入；邑號朝歌，墨子迴車。(鄒陽 於獄中上書自明)

第一例，二句排比，表達一種相對的「認知觀點」；第二例，隔句對偶，表達一種絕對的「道德企求」。它們上下句間所表現的平衡、對稱之文字技巧，即是它們所以為「警策」的形式因素。

四、層遞

「排偶」是屬「多句」的修辭形式，「層遞」也是；但前者表現的是「平衡、對稱」的結構，後者是「上下遞轉」的結構。例如：

聖人之任腹心之臣也，知無不言，言無不盡。(蘇洵 論衡 遠慮)

子曰：「書不盡言，言不盡意。」然則聖人之意，其不可見乎？(周易 繫辭上)

第一例，警句在「知無不言」、「言無不盡」。兩句共用一個「言」字。這「言」字是上句之尾，下句之首，所以前後成一「遞轉」的關係。第二例，警句在「書不盡言，言不盡意」，也是「層遞」辭法。上下「遞轉」的特殊姿態，是其所以為「警策」的形式條件。

肆、用材

一個作品有一個作品的旨趣。旨趣的表出不必然是直接訴諸文字；更多的時候是先覓取可以表達此一旨趣的「題材」，然後才訴諸文字技巧。所以一篇文章的表達技巧，應該包括「文字運用」與「題材選用」兩方面。下面「譬喻」、「單襯」、「反襯」、「誇飾」等方法就是屬於「用材」的技巧。分別說明之。

一、譬喻

說「打個比方」，意思就是說「找個題材來代爲表達」。一個精深的意念，若能配一個美妙的譬喻，就可造成「警策」。例如：

> 塵勞迥脫事非常，緊把繩頭做一場。不是一番寒徹骨，怎得梅花撲鼻香？（黃檗禪師 上堂開示頌）

> 垂緌飲清露，流響出疏桐；居高聲自遠，非是藉秋風。（虞世南 蟬）

> 黛玉道：「寶姊姊和你好，你怎麼樣……」寶玉呆了半晌，忽然大笑道：「任憑弱水三千，我只取一瓢飲。」（紅樓夢第九十一回）

上引三個「譬喻」，都是旨趣深刻、譬喻精美之作：第一個是「不是一番寒徹骨，怎得梅花撲鼻香」，第二個是「居高聲自遠，非是藉秋風」，第三個是「任憑弱水三千，我只取一瓢飲」。

二、單襯（對襯）

將「對立性」的事件相提並論，相襯之下，旨意便得到強化。例如：

冠蓋滿京華，斯人獨憔悴……千秋萬歲名，寂寞身後事。（杜甫 夢李白）

宰相有權能割地，孤臣無力可回天。（丘逢甲 離臺詩）

第一例兩聯，都寫「榮華」與「寂寞」的相伴相隨；第二例寫「理想」與「現實」的對立並存。因爲兩相對立、映襯，所傳的訊息乃益見強烈。

三、反襯（反映）

「表面相反、實際相成」的兩概念，未經全面說明，只作片面敘述時，乍看之下的矛盾，能映出異樣的光芒，是爲「反襯」。例如：

尺蠖之屈，以求信（伸）也。（周易 繫辭下）

大直若屈，大巧若拙，大辯若訥。（老子 四十五章）

生也死之徒，死也生之始。（莊子 知北遊）

上述一對對「相反」的概念，實際都具「相反相成」的道理；但未作闡述，只作結語，所以呈現一種怪異的組合。因怪異而予人特殊的興味。

四、誇飾

順乎自然的誇飾，而能傳達出作者高漲的情意，常令人驚嘆、動容。例如：

朝聞道，夕死可也。（論語 里仁篇）

力拔山兮氣蓋世。（項羽 垓下歌）

二句三年得，一吟雙淚流。（賈島 題詩後）

第一例寫「求道之切」，第二例寫「氣勢之壯」，第三例寫「創作之苦」。文表誇張，文裡是作者眞性情，所以動人。

《習作》

一、假作真時真亦假；無為有時有還無。（紅樓夢 第五回）

上聯「眞」、「假」二字，一再重複使用，下聯「有」、「無」二字，一再重複使用，這是「複辭法」。刻意重複而成特殊型態；文中所表達的哲理也有相當的深度。內外配合，遂成警策。

二、春風又綠江南岸，明月何時照我還？（王安石 泊船瓜州）

首句詩眼在「綠」字。「綠」字本是形容詞，今轉作「使役動詞」，詞義變得活潑、豐富，遂成警策。這是「轉品法」。

三、簾捲西風，人比黃花瘦。（李清照 醉花陰）

「簾捲西風」是「倒裝法」；若作「西風捲簾」則平凡單調。「人比黃花瘦」是「轉化法」，將花與人比肥、瘦，天眞而浪漫。

四、話說天下大勢：分久必合，合久必分。（三國演義 第一回）

「分久必合」一命題，涵蘊「合久必分」。兩句文法相同，並列對舉，相得而益彰。這是「對舉法」。句中文字，重複使用，所以也是「複辭法」。

五、聖人不死，大盜不止。（莊子 胠篋）

在「用材」上，這兩句有「誇飾」、「反襯」的表現；論「用句」，它們屬於「對偶」；論「用字」，「死」、「止」二字是「諧韻」的。所以這是多重技巧之下的「警策辭」。

第二十課　綜合性辭格（三）
節奏

本課要點：

- 節奏之定義
- 增加用字
  - 鑲字
  - 嵌字
  - 配字
  - 反復
  - 複辭
  - 疊字
  - 虛字
  - 設問
  - 夾註
- 減少用字
  - 省略
  - 互文
  - 節縮
  - 跳脫
  - 轉品

「節奏」本是音樂名詞，借到文字作品裡，是指「文意進展的速度」。「速度」原指「距離」與「時間」的比例。比例大，就是速度快；反之，就是速度慢。文字作品是由文字連綴而成。一個字，是一個音節，原則上也有一個字義。由字組成句，由句組成章。「文意」就是「字義」的組合。所謂「文意進展的速度」，就是指一章一句之中，「文意」與「字數」的比例。在實際作品中，並非每個字都有「實義」。沒有「實義」的字，就只是一個「音節」而已。所以「文意」與「字數」並無一定的比例。比例大的，就是「文意進展的速度」快；反之，就是速度慢。這「快」與「慢」就是本課所說的「節奏」。舉兩個例說：

美惡橫生，憂樂出焉。（蘇軾 超然臺記）

濤瀾洶湧，風雲開闔。（蘇轍 黃州快哉亭記）

第一例兩句，都是四個字。檢查其字義，上句四字四義，下句四字只有三義。因為「焉」字是虛字，故無實義。同是四個音節，上句文意多，下句文意少；所以上句的節奏快，下句的節奏慢。第二例兩句，也都是四個字。檢查其字義，下句四字四義，上句四字只有二義。因為「濤」、「瀾」同一義，「洶」、「湧」同一義。兩字一義的結果，雖有四個音節，只有兩個字義。上句文意少，所以節奏慢；下句文意多，所以節奏快。

聊舉二例，可見「文字節奏」之一斑。節奏的「急緩」，代表的是作品情緒的「張弛」。當然，作品的情緒就是作者的情緒。「情緒」是「生命」的一部分，就像「脈搏」一般，無時不伴隨生命體而表現生命的狀態。作品就是作者的生命，所以作品也不能離開「情緒」而孤立運作。不論是「說理文」、「敘事文」或是「抒情文」，一個理想的作品，作者的情緒必永遠伴隨「文意之進展」而表現。因爲「情緒」有張弛，所以「節奏」有急緩。同樣的文意，增加用字，節奏就慢了；減少用字，節奏就快了。所以字數的「增加」與「減少」，就是調整「文章節奏」的方法。下面分別介紹「增加用字」與「減少用字」兩類修辭技巧。

壹、增加用字

一、鑲字

選用「文字」的目的，一般是在表意；但也有不在表意，而在調整節奏的。「鑲字」之法即是其一。一個字一個音節；行文用字，如果只取音而不取義時，文章節奏即見寬緩。例如：

教學者如扶醉人，扶得東來西又倒。（朱子語類）

「扶東倒西」，形容「難以扶持」之義。句中「東」、「西」二字並無實義，只有「扶」、「倒」二字有實義。「東」、「西」二字就是「鑲字」。

使用數字作「鑲字」的例子也很多，例如：

我如今竟糊塗了！丢三忘四，惹人抱怨。（紅樓夢 第七十二回）

「丟三忘四」是形容「記性差」。句中「三」、「四」二字並無實義，所以也是「鑲字」之例。

有時類似「鑲字」而實際不是「鑲字」的例子，如：

> 不學些三從四德，俺一家兒簇捧著你爲什麼來？（元雜劇 老生兒 第一折）

「三從」是指「從父」、「從夫」、「從子」；「四德」是指「婦德」、「婦言」、「婦容」、「婦功」。此中的數字都有實義，所以不是「鑲字」之例。

此外，有些數字雖是取「虛數」之義，但並不等於無「實義」的。例如：

> 千呼萬喚始出來，猶抱琵琶半遮面。（白居易 琵琶行）

> 病非一朝一夕之故，其所由來漸矣。（列子 力命）

第一例，「千」字、「萬」字，是極言其多；第二例，兩「一」字，是極言其少。雖不取「實數」之義，終非無「實義」之字。所以不屬「鑲字」之例。

二、嵌字

「嵌字」是取一組文字，分別嵌入幾個句子之中。所嵌之字雖有取義，但「形式義」重於「實質義」。所以方式雖與「鑲字」有別，而作用畢竟相同。例如：

> 東市買駿馬，西市買鞍韉，南市買轡頭，北市買長鞭。（木

蘭辭）

這裡嵌入的一組字是「東西南北」。文中這四字雖不能說是無所取義，但作者旨在營造平衡、完整的形式，用意十分明顯。再如：

春風如酒，夏風如茗，秋風如煙，冬風如薑芥。（張朝 幽夢影）

這裡嵌入的一組字是「春夏秋冬」。它與「東西南北」四字一樣是定了型的字組，所以往往就預先決定了一段文章的構造形式。

三、配字

顧名思義，「配字」云者，是在「字義」已足之後，又加配文字。所以字數雖增，字義不變。其目的就在調整文句的節奏。但「配」與「鑲」、「嵌」不同；「配字」與「所配之字」必須相應。方式之一是：兩字應為「相同義」；之二是：兩字應為「相對義」。前者如：

園之北，因城以為臺者，舊矣，稍葺而新之。時相與登覽，放意肆志焉。　南望馬耳常山，出沒隱現，若近若遠，庶幾有隱君子乎！（蘇軾 超然臺記）

嗚呼痛哉！早知訣汝，則予豈肯遠遊？即遊，亦尚有幾許心中言，要汝知聞，共汝籌畫也。（袁枚 祭妹文）

第一例，「放意肆志」一句，後二字「肆志」與前二字「放意」，詞義相同，只是增加用字而已。「出沒隱現」四字，道理相同。第二例，「知聞」一詞，二字同義；「籌畫」一詞，二字同義。這是「字義相同」的配字法。

「字義相對」的配字法如：

> 今殺人之相，相又國君之親。此其勢不可以多人；多人不能無生得失。（史記 刺客列傳）

> 先帝創業未半，而中道崩殂；今天下三分，益州罷弊，此誠危急存亡之秋也。（諸葛亮 出師表）

第一例，「得」、「失」字義相對。合成「複音詞」後，只取「失」義，不取「得」義，所以「得」字是「配字」。第二例，「存」、「亡」字義相對。合成「複音詞」後，只取「亡」義，不取「存」義，所以「存」字是「配字」。此在文法學中，亦稱「偏義複詞」。

四、反復

「反復」是指：一個句子，在文章上下間，被反復使用。反復使用，有時是因感慨深遠；有時是爲彰顯「那句」的意思。總之是在原有的文意之外，增加了表達的字數，因而緩和了文章的節奏。例如：

> 伯牛有疾，子問之。自牖執其手，曰：「亡之，命矣夫！斯人也而有斯疾也，斯人也而有斯疾也。」（論語 雍也篇）

上文感嘆斯人的遭遇，不禁重複斯語。增加音節，不增加文意，節奏就慢了。

再如：

> 嗚呼！其亦幸而出於三代之後，不見黜於禹、湯、文、武、周公、孔子也；其亦不幸而不出於三代之前，不見正於禹、湯、文、武、周公、孔子也。（韓愈 原道）

「不見黜於禹、湯、文、武、周公、孔子」與「不見正於禹、湯、文、武、周公、孔子」，大致是重複的話。不避重複，意在彰顯該句的重要性。

「重複文句」是「反復」。擴而大之，文字雖不同，文意實相同者，亦能起「反復」之作用。例如：

> 大王信行臣之言，死不足以爲臣患，亡不足以爲臣憂。（戰國策 秦策）

> 煥然霧除，霍然雲消。（史記 司馬相如傳）

第一例，「死不足以爲臣患」、「亡不足以爲臣憂」兩句文字不同，實只是一義。第二例，「煥然霧除」、「霍然雲消」兩句也只是一義。文字雖不同，仍能起「反復」之作用。

五、複辭

這不是指「複音詞」，而是指：同樣的字詞在上下文間重複出現。在文法上，上下句共用的詞，是可以設法省略的。若不省略，刻意重複，就有調整節奏的用意。例如：

城非不高也，池非不深也，兵革非不堅利也。（孟子 公孫丑下）

太守與客來飲於此，飲少輒醉，而年又最高，故自號曰醉翁也。醉翁之意不在酒，在乎山水之間也。山水之樂，得之心而寓之酒也。（歐陽修 醉翁亭記）

第一例，「非不」二字再三重複；第二例，「醉翁」、「山水」諸詞也重複使用。字數多，相對的，字義少、節奏慢。有時似令人不耐，但能營造一種從容的語態。

六、疊字

一字疊用而成「複音詞」，稱爲「疊字」。「疊字」多數是狀態詞，用以修飾事物的「靜態」或「動態」。在文法上，包括「形容詞」與「副詞」。一個意思，用一個音節表示，或用兩個音節表示，給人的感覺當然不同。例如：

冷冷、清清、悽悽、慘慘。（李清照 聲聲慢）

「冷冷、清清、悽悽、慘慘」與「冷清悽慘」，意思無別；但節奏不同，情趣自異。

七、虛字

「虛字」亦稱「語助」。沒有實義，故名「虛字」。本即是用來調節語氣、表現情緒的字眼。爲文而不用語助，侷促而僵硬。

雨雪之朝，風月之夕，予未嘗不在，客未嘗不從。擷園蔬、取池魚、釀秫酒、瀹脫粟而食之，曰：樂哉遊乎！（蘇軾 超然臺記）

文中「樂哉遊乎」一句，「實字」只有「樂」、「遊」二字，餘均爲「虛字」——用以調整節奏，亦所以表現作者情態。設無此字，便只見文意，不見情意了。

再舉一例：

浩浩乎如馮虛御風，而不知其所止；飄飄乎如遺世獨立，羽化而登仙。（蘇軾 赤壁賦）

如此「飄逸閒雅」的語態，文中使用多少虛字？「浩浩」、「飄飄」是疊字，不用說。兩「乎」字、兩「而」字都是「語助詞」。設將此等「助字」刪除，文意雖未減，情趣已大傷。當然，如果要表現的是「簡潔勁健」的語態，需要急迫的節奏時，虛字的使用便應酌減。例如：

夫傲天子之命吏，不聽其言，不徙以避之，與冥頑不靈而爲民物害者，皆可殺！刺史則選材技吏民，操強弓毒矢以與鱷魚從事。必盡殺乃止，其勿悔！（韓愈 祭鱷魚文）

這段文章少用「虛字」，所以節奏促迫，表現著「無可妥協」的姿態。

八、設問

同樣的意思，可以用一句話說，也可以用兩句話說，只是節奏急緩不同而已。修辭學上所謂的「設問」，就是利用「問答」的方式來代替一般的陳述。自行提問，再自行作答。如此間接的表達方式，所用文字較多，文意進展較慢。例如：

峰迴路轉，有亭翼然，臨於泉上者，醉翁亭也。作亭者誰？山之僧智仙也。名之者誰？太守自謂也。（歐陽修 醉翁亭記）

天道何親？唯德之親；鬼神何靈？因人而靈。（劉基 司馬季主論卜）

第一例，如「作亭者誰？山之僧智仙也」兩句，直接說，就是「作亭者山之僧智仙也」一句。第二例，如「天道何親？唯德之親」兩句，直接說，就是「天道唯德之親」一句。直接陳述，簡明俐落；間接表達，閒適自在。各有所當也。

九、夾註

「註解」本是作品之外的工作；但有時考量方便，作者將「註解」納入本文，成爲本文的一部分。是所謂「夾敘夾註」體。「夾註」必然延宕主體文意之進展、緩和文意進展的速度。舉兩個例看：

項王留沛公飲。項王、項伯東嚮坐，亞父南嚮坐——亞父者，范增也——沛公北嚮坐，張良西嚮侍。（史記 項羽本紀）

江水又東，逕黃牛山下，有灘曰黃牛灘。……此巖既高，加以江湍紆洄，雖途逕信宿，猶望見此物。故行者謠曰：「朝發黃牛，暮宿黃牛；三朝三暮，黃牛如故。」——言水路紆深，回望如一矣。（酈道元 水經注）

第一例的「夾註」是「亞父者，范增也」；第二例的「夾註」是「言水路紆深，回望如一矣」。反身作註，自然中斷文勢，也多少重複原文，所以有緩和「文字節奏」的作用。

以上各種技巧，總而言之，就是使用較多的字數——比基本字數多——來表情達意。字數多，相對的就是「文意進展」慢。調整作品的節奏，可以反應作者的情緒。

貳、減少用字

字數多，文意進展慢；那麼字數少，文意進展就快。所以使用較少的字數——比基本字數少——來表情達意，也能調整作品節奏，反應作者另類的情緒。這也有幾種技巧，分別說明於後。

一、省略

當上下文都應有某些文字時，這些文字只見於上文，不重複於下文，就是所謂的「蒙上省略」（見陳望道《修辭學發凡》）。文字省略，文意不減，節奏變快。例如：

楚人爲食，吳人及之。奔；食而從之。（左傳 定公四年）

四個句子，後兩句不見主詞，乃是承用前兩句的主詞「楚人」、「吳人」。

再如：

然則如之何而可也？曰：「不塞不流，不止不行。」（韓愈 原道）

「不塞」、「不流」、「不止」、「不行」四個句子，只見四個動詞，不見受詞。原來「不塞」、「不止」的受詞是「佛老之道」；「不流」、「不行」的受詞是「聖人之道」。因爲前文已反復言及，此處蒙上省略，句子便顯得勁捷俐落。

二、互文

修辭學上有一種技巧叫做「互文見義」的，也可以算是一種「減少用字」的技巧。例如：

天下理無常是，事無常非。先日所用，今或棄之；今之所棄，後或用之。（列子 說符）

「天下理無常是，事無常非」兩句的意思，若不省略文字，應寫作：

天下理無常是，亦無常非；天下事無常非，亦無常是。

「先日所用，今或棄之；今之所棄，後或用之」四句的意思，若不省略文字，應寫作：

先日所用，今或棄之，或用之；今之所棄，後或用之，或棄之。

兩相比較，字數懸殊。原文的寫法是用「交叉省略」的技巧。藉「交叉省略」而得「交互補足」的效果。所以此種修辭技巧稱爲「互文見義」。（參看第十六課）

三、節縮

「節縮」包含「節短」與「縮合」二法（見陳望道《修辭學發凡》）。「節短」即「縮寫」。一個名詞，以其局部文字代表其全部文字，稱爲「縮寫」。例如：

昔劉向稱董仲舒王佐之才，伊、呂無以加，管、晏之屬殆不能及；而劉歆以爲董子師友所漸，曾不能幾乎游、夏。（曾國藩 聖哲畫像記）

馬端臨通考，杜氏伯仲之間，鄭志非其倫也。百年以來，學者講求形聲故訓，專治說文。（同上）

第一例，人物名稱的「節短」：「伊」是「伊尹」，「呂」是「呂尚」，「管」是「管仲」，「晏」是「晏嬰」，「游」是「子游」，「夏」是「子夏」。第二例，書籍名稱的「節短」：「通考」是「文獻通考」，「鄭志」是「鄭樵通志」，「說文」是「說文解字」。名稱減短了，行文流暢了。

「縮合」是指兩個「音節」合爲一個「音節」的語文現象。例如：

求牧與芻而不得，則反諸其人乎？抑亦立而視其死與？（孟子 公孫丑下）

文中「諸」字是「之」、「於」二字的切合。「之」是代名詞，「於」是介繫詞。一個「音節」當兩個「音節」用，而意義不減。

四、跳脫

前言與後語不能銜接，謂之「跳脫」。情況之一是：前後話題急轉，予人突兀之感，稱爲「急收」。情況之二是：上文未了，提前進入下文，稱爲「突接」。同樣予人突兀之感。如此作品，在用字上，總是比基本需要的字數少，所以節奏急。例如：

項王曰：「壯士復能飲乎？」樊噲曰：「臣死且不避，卮酒安足辭！——夫秦有虎狼之心，殺人如不能舉，刑人如恐不勝，天下皆叛之。……」（史記 項羽本紀）

項王問「壯士復能飲乎？」樊噲急急回了兩句，便戛然而止，轉入另一話題。前後跳脫許多文字，呈現急迫的情緒。

晉獻公將殺其世子申生。公子重耳謂之曰：「子盍言子之志於公乎？」世子曰：「不可！君安驪姬——是我傷公之心也。」（禮記 檀弓上）

對公子重耳的建議，依正常文法，世子申生應回答作：

言志於公，是我傷公之心也。

「言志於公」一句本是重耳的話。申生急於辯解，便順著重耳的口，跳脫該句。急促之情不覺流露矣。

五、轉品

「轉品」是指「詞性的轉變」。「詞性的轉變」也是「詞義轉變」的一種。但它的轉變可能不是由「甲義」變爲「乙義」；而是由「甲義」增殖爲「甲乙二義」。因此「轉品」的結果，可使「字義」變得豐富。字義變豐，字數不加，就等於是一種「減少用字」的方法。例如：

項王背約而王君王於南鄭。（漢書 高帝紀）

第二個「王」字是原始詞性；第一個「王」字已轉爲動詞，取「封王」之義。「王君王」，用普通方式表達，就是「封君王爲王」。

再如：

孔子之作春秋也，諸侯用夷禮則夷之，進於中國則中國之。（韓愈 原道）

「夷」、「中國」本皆名詞。上文中「夷之」、「中國之」已轉爲動詞；用普通方式表達，就是「視之爲夷人」、「視之爲中國人」。兩相比較，用字之多寡、節奏之急緩，明白可辨。「轉品」修辭的原理就是：利用句中的特殊位置來決定一個詞的新用法，因而產生新的詞義；但該詞的原義並未消失。詞義增加了，而字數依舊，所以文章變得緊湊。

《習作》

一、這煩惱，神不知、鬼不覺，天來高、地來厚。（元 無名氏 冤家債主 二折）

「神不知、鬼不覺」，只是「無人知」一個意思；寫成兩句，節奏變緩。「神」、「鬼」二字習慣連用，於是一字嵌上句，一字嵌下句。這是「嵌字法」。下面「天來高」、「地來厚」兩句，道理相同。

二、自古道：「來說是非者，就是是非人。」（西遊記 第二十九回）

「是」、「非」二字，義本相反，如今構成複詞，只取「非」字之義，所以是個「偏義複詞」。那「是」字在此只是個「配字」，不取其義。所以這是「配字法」。

三、光陰似箭催人老，日月如梭趲少年。（高明 琵琶記 第六齣）

「趲少年」就是「催人老」；「日月如梭」就是「光陰似箭」。這兩句話的意思相同，只是字面不同而已，所以是屬廣義的「反復法」。

四、吾少也賤，故多能鄙事。君子多乎哉？不多也！（論語 子罕篇）

「多乎哉？」「不多也！」這是「設問法」，是一種間接的表意方式。假使直接敘述，不用問答，意思是完全一樣的。

五、當愁醉醲，當飢飽鮮；囊帛櫝金，笑與秩終。（孫樵 書褒城驛壁）

「醉」字本是副詞，在上文中的位置取「醉飲」之義，兼「副詞」與「動詞」二義。同理，「飽」字爲「飽食」之義。

又，「囊」字本是名詞，在上文中的位置取「囊盛」之義（以囊盛之），兼「名詞」與「動詞」二義。同理，「櫝」字爲「櫝盛」之義（以櫝盛之）。凡此均爲「轉品」修辭法——文意增加，字數依舊。

國家圖書館出版品預行編目資料

修辭格教本

蔡謀芳著. – 初版. – 臺北市：臺灣學生，
2003[民 92]
面；公分

ISBN 957-15-1191-9 (平裝)

1. 中國語言 – 修辭

802.7 92014791

修辭格教本（全一冊）

著作者：蔡謀芳
出版者：臺灣學生書局
發行人：盧保宏
發行所：臺灣學生書局
臺北市和平東路一段一九八號
郵政劃撥帳號：00024668
電話：(02)23634156
傳眞：(02)23636334
E-mail：student.book@msa.hinet.net
http：//studentbook.web66.com.tw

本書局登記證字號：行政院新聞局局版北市業字第玖捌壹號

印刷所：宏輝彩色印刷公司
中和市永和路三六三巷四二號
電話：(02)22268853

定價：平裝新臺幣二七〇元

西元二〇〇三年九月初版

80279

ISBN 957-15-1191-9 (平裝)

㉑	訓詁學(上冊)	陳新雄著
㉒	音韻探索	竺家寧著
㉓	閩南語韻書《渡江書》字音譜	王順隆編著
㉔	簡明訓詁學(增訂本)	白兆麟著
㉕	音韻闡微	(清)李光地等編纂
㉖	聲韻論叢・第五輯	中華民國聲韻學會 中正大學國文系所主編
㉗	漢藏語同源詞綜探	全廣鎮著
㉘	聲韻論叢・第六輯	中華民國聲韻學會、臺灣師範大學國 文系所、中央研究院歷史語言研究所主編
㉙	聲韻論叢・第七輯	中華民國聲韻學會、逢甲大學中 文系所、臺灣師範大學國文系所主編
㉚	聲韻論叢・第八輯	中華民國聲韻學學會、國 立彰化師範大學國文系所主編
㉛	玉篇俗字研究	孔仲溫著
㉜	聲韻論叢・第九輯	中華民國聲韻學學會、國 立臺灣大學中國文學系主編
㉝	聲韻論叢・第十輯	中華民國聲韻學學會、 輔仁大學中國文學系所主編
㉞	辭格比較概述	蔡謀芳著
㉟	孔仲溫教授論學集	孔仲溫著
㊱	修辭格教本	蔡謀芳著
㊲	古漢語字義反訓探微	葉鍵得著